U0488419

KUWEI
酷威文化

图书 影视

煮沸人生

李银河 著

北方文艺出版社
·哈尔滨·

目录

生之欢欣

生命的度数	002
生之欢欣	004
注视生命的流逝	007
斤斤计较	009
你知道你多有名吗？	011
如何看待名利	013
一味追求拔尖是幼稚病	015
抵御诱惑	017
占有还是存在	020
人生应追求什么	022
生命的愉悦	025
生之焦虑	027
世间最美好的事物	029
世间最有趣的事物	031
向往优雅的生活	033
草率与精致	035
万物皆备于我	037
论无所事事	039
生活质量三维度	041

人间清醒

深刻的悲哀	044
生命之偶然	047
生命意义——无解之谜	050
对于终极问题的追问	055
宏观与微观	057
挑战幽灵岛	059
为什么做事	061
向死而生	064
学着去死	066
诗意生存	069

灵魂相拥

爱情究竟是什么	072
爱情与自由	075
爱情是病吗？	077
爱是最美好的生存状态	080
故意陷入爱情	082
小爱与大爱	084
灵魂朋友	086
人间三情之比较	088
人生之癌	090

论激情	092
激情是人生中最宝贵的	095
要激情还是要平静	097
高估	100
激情之爱的稀少	102
论欲望	105
欲望是双刃剑	107
理性与非理性	109
心如止水，心如沸水	111

人间采蜜

什么是哲学	114
芝麻人生	116
采蜜哲学	119
快乐哲学	121
超越"叔本华钟摆"	123
阅读尼采	125
精心呵护自己的心灵	143
完全超脱	146
世俗修行的三个目标	149
修行就是为欲望设限	152

浮生自在

寻找梭罗的感觉	*156*
瓦尔登湖漫步	*158*
独处与交流	*161*
西班牙海滨小镇	*163*
设法躲开人群	*166*
与自己的存在裸裎相见	*168*
独处·悠闲·静修	*170*
心弦	*173*
对内心的好奇	*175*
把自己从性对象的角色中解放出来	*178*
自由与选择	*180*
自由与掌控	*183*
论生命之美好与自由的关系	*185*
出世与入世	*187*
人怎样才能从必然王国进入自由王国？	*189*

活过，爱过

悼王小波	*192*
四月是最残忍的月份	*197*
花开花落	*199*
爱情回味	*202*
我的编年史	*206*

生之欢欣

生命的度数

生活中有些事是确定的,有些事是不确定的。前者如人一定会死,后者如探险家进入一个未知的地方。

只有具有不确定性的事情才能使人感兴趣。科学家做研究,不确定结果是什么;探险家进入某个地域,不确定能遭遇什么;陷入恋爱的人,不确定对方的态度是什么。这样的事才能令人感到兴趣盎然,跃跃欲试。如果结果已知,就会变得无精打采。一个典型的真实事例是这样的:有个女人同一个小她十岁的男人同居多年,后来他们决定结婚,但婚后很快离婚了。两人关系失去了不确定性恐怕是分手的原因之一。

生命活力强的人喜欢陷入不可预知结果的事情,生命活力弱的人则愿意待在确定的生活之中。前者喜欢探险,挑战自己的极限,容易陷入恋爱;后者不喜欢冒险,从不挑战自身极限,喜欢守住无爱的婚姻。前者生命跌宕起伏,经历大风大浪;后者生命平和舒缓,波澜不惊。前者生命精彩辉煌,后者生命暗淡无光。

我总是容易陷自己于不确定状态,对于不确定的目标跃跃欲试,兴趣盎然，因此会不时陷入爱情的旋涡，还会涉足陌生的领域，为的是让自己的生活变得更快乐、更美好、更有趣，而不是一潭死水。

每一个生命都是有热度的，只不过冷热的程度有所不同。有的生命是炽热的，像一团熊熊燃烧的火；有的生命是冷清的，像一条静静流淌的河。

每一个生命都是有浓度的，只不过浓淡的程度有所不同。有的生命是浓稠的，像一碗几乎翻搅不动的浓汤；有的生命是寡淡的，像一碗清水。

每一个生命都是有密度的，只不过疏密的程度有所不同。有的生命是密度高的，它因此显得比较重；有的生命是密度低的，它因此显得比较轻。前者可以重如泰山，后者可以轻如鸿毛。

希望我的生命是热度、浓度和密度较高的生命，味道浓烈，而不是清汤寡水。

生之欢欣

在没病没灾、身心俱健的时候，常常能感觉到生命的欢欣。

首先，我们每个人能够生而为人，在浩渺宇宙中是一个极小概率的事件，是中了一个获奖率为百万分之一的大奖：宇宙中有高智能生物的星球或许只有百万分之一吧，而在地球上万千物种当中能生而为人的概率又比百万分之一还要小。此外，人类当中有那么多人要遭受那么多的灾难：饥饿、寒冷、疾病、早夭，如此等等，不一而足，而能够身心健康，愉快地活着，这概率又是多么小。思虑至此，难道还不应为自己的幸运感到欢欣吗？

其次，大自然是多么美，天空湛蓝，几团白云缓缓飘过，如梦如幻。即使是阴天，乌云凝重地堆在天际，海水从宝蓝色改变为略带黄色的草绿，人却并不会因此感到压抑，反而想起早期写实主义油画大师笔下的大海与天空，感到仿佛身临其境，身在画中。傍晚时，美丽的晚霞镶着夕阳的金边，每天都不会重样，其千姿百态的绚丽超越所有艺术大师的想象。绿绿的椰子树在微风中翩翩起舞，沙滩上一种叫不出名字的绿叶植物茂盛地贴地生长，把长长的枝条尽力伸向大海，在涨潮时，几乎能够触到热情地奔上岸边的浪花。沉浸在大自然无言的美丽当中，怎能不感到生命的欢欣？

再次，人类的情感是多么美好。父母的慈爱，子女的娇憨，爱人的缠绵，友人的温暖，这一切怎能不让人深深陶醉？父母虽然都有各自的烦恼，但是他们只要一见到我们，脸上就会露出发自内心的微笑，他们是那么爱我们，虽然他们从来不说，可是我们心里就是知道。子女在牙牙学语时半懂不懂地说出的大人话常常令我们忍俊不禁；六岁的小儿子无意中吟出的一句"美丽的妈妈开满山坡"令全家津津乐道至今；出差时上小学的儿子在电话里说的一句"想你了"登时让人泪流满面。爱情的美好感觉就更不必说，当你心里知道他说你是"无价之宝"并不是什么俗套的甜言蜜语而是他内心深处对你的感觉时，那种自豪与欣喜是语言难以形容的。与知音好友谈天说地，海阔天空，相互欣赏，相互激励，偶尔心有灵犀地会心一笑，竟能使人感到自己在这个世界上不再孤独，心中如沐春风，也是人世间少有的美好感觉。沉浸在美好的亲情、爱情和友情当中，怎能不感到生命的欢欣？

最后，人类的物质和精神产品是多么丰富，多么美好，能给我们带来多少身心的舒适和愉悦。不用普鲁斯特的小玛德莱娜糕点，就是普普通通的大白馒头也能给从小习惯面食的肠胃带来美味的感觉；在暑热难当的夏夜，空调吹来的凉风能胜过杨贵妃独啖荔枝的感觉；写作时作为音乐背景的亨德尔的室内乐使人感到优雅悦耳，文思泉涌；卢浮宫里的画作雕塑令人赏心悦目，叹为观止；构思稍微精巧一些的侦探小说都能令人心痒难耐，欲罢不能，更不用说出自文学艺术大师手笔的真正美好的艺术品给人带来的无穷无尽的喜悦和享受。有一瞬间,你觉得大师就坐在你的身边,他们用深邃、充满智慧的目光直视着你,一丝笑意倏忽闪现,使你觉得心中无比熨帖,快感渗入心田。天天沉浸在如许的快乐当中,如何能够不感到生命的欢欣?

归根结底,所有这些眼耳鼻舌身对外部世界的视觉、听觉、嗅觉、味觉和触觉最终还是要回到自身,经历最后一道手续:剔除了所有肮脏烦乱的坏的观感,只留下那些美好的观感。做个聪明人,严格把关,严格筛选,非美勿视,非美勿听,非美勿言,非美勿动,安能不时时处处感到生之欢欣?

注视生命的流逝

有一天，我数了数房间里的日历，一共有四个：一个十二个月三百六十五天都印在一张三十二开纸上的单篇年历；一个每月一翻的台历；一个在显示日期同时显示时间、温度的电子日历（夜里醒来可以看看几点了，离天亮还有多久）；还有一个老式的每天撕掉一页的日历，每页下方都有一个小知识，甚至有涨潮落潮的时间，因为是在一个滨海城市买的。

我的眼睛每天都有意无意地无数次扫过这些日历，仿佛在注视着生命的流逝。对于时间流逝最具象征意义的是每天清晨打开电脑时顺手撕下那个老式日历上的一页，那是昨天的那一页。那就是已经无情流逝的时间，那就是我生命中已经永远过去不再回头的一天。我就是这样一天一天地老去，一天一天地走向终点。

古人说，寿则辱。年长后，生命质量降低，丧失获得某些快乐的资格，更不必说生活无法自理之后的折辱感觉。一句话既然能够广泛流传，并且打败时间地在流传，就证明它必定有真理的成分，是一种对普遍的社会经验的总结。

然而，还是可以设法过一种高质量的精神生活，可以把生之尊严保持到最后。许多聪明人就是这样做的，不是不可做到的。

此外，高龄并非只有负面价值，也可以有正面价值。例如，只有到了高龄，才能过一种真正脱俗的生活，即不是为谋生而不得不过的世俗生活。可以超然物外，仅仅过一种纯粹的精神生活。

人们愿意沉溺在黏稠的人际关系当中，因为它们接近自己的体温，可以使人避开存在的寒冷感觉。但是，赤裸裸的存在才是人更应经历的，虽然感觉是寒冷的。看到杜拉斯的一个小说人物，在高龄之后，故意躲开亲友，到一个遥远的地方去死，她说，让亲友在某一天突然收到她逝世的电报，那才是最惬意的死法。

归根结底，存在是孤独的。就让它赤裸裸地呈现，也不是一件什么太难接受的事情。无论我们是注视还是看也不看，时间都会一视同仁地流逝；无论我们关注还是想也不想，生命照旧绝尘而去，绝不回头。我宁愿每天每时每刻都注视着时间，关注着生命，让它过得清醒、愉悦、沉静，充满生的意识，并静静聆听死亡逼近的脚步声。

斤斤计较

我对自己的生命取一种斤斤计较的态度。我计较它的每天,每个小时,甚至每分钟。因为所有的身外之物都不是我的,真正属于我的只有这些时间。

在我的寓所有两样必备的物件,一个是日历,一个是温度计。日历有时还不止一个:一个台历,一月一翻的那种;一个每日有一空格的日程本子,将每天要做的事记在上面。备温度计是为了身心舒适,热了开冷气,冷了开暖气,不冷不热开窗户,让窗外的清新空气自由流动,如果碰上风天,就让穿堂风尽情吹拂,去掉房间里的污浊空气。

很多人都把时间随意地耗掉,一点儿也不心疼,比如闲聊啊,打麻将啊,犯愣啊。我不愿意这样随意地挥洒自己的生命,只要活一天,活一小时,活一分钟,就想让它充满各种各样感官的快乐和精神的愉悦。我最有共鸣的是梭罗对时间的态度。看他的日记,在19世纪的某个日子他郑重其事地写道:"我开始过某年某月某日这一天。"这个朴实无华的句子令我深思:我何曾如此郑重其事地对待过自己的日子、自己的时间、自己的生命？难道我不应当这样去做吗？

作为无神论者和存在主义者，我早就洞悉：生命并无意义，存在纯属偶然。从本质上讲，它同一棵树、一只甲虫、一块石头没有区别。但是作为一个短暂的有意识的存在，我所拥有的只有这几十年的时间。我当然可以选择无所事事的一生，就像在水边石头上晒太阳的乌龟一样，一动不动地待上一整天，一整年，几十年，几百年；我也可以选择充满快乐感觉的几十年，这快乐的感觉既有肉体的快乐也有精神的快乐。肉体的快乐包括吃饱的感觉、暖和的感觉、性快感、各类感官的愉悦；精神的快乐则包括欣赏美、享用美和创造美所带来的愉悦感。

我一直对自己生命中的每天、每小时和每分钟取一种斤斤计较的态度，我还将继续坚持这种态度，直到生命的终结，那时，我将告别这一切，完全解体，在宇宙中消失得无影无踪。

有句俗话说，时间就是金钱。我对这种说法不敢苟同。在我心中，时间就是生命。

你知道你多有名吗？

三八节那天，去参加一个小型的讲演会。一个负责接我到会场的小女孩，"90后"，笑眯眯地问我："李老师，你知道你现在多有名吗？"我说："不知道。"其实我心里还是知道一点儿的，只是不愿承认。

不愿承认有几个原因。

首先，我对自己的出名一直有些纳闷。如果说是因为我所做的研究，我的研究倒确实做得中规中矩，是严格按照在美国留学六年的基本训练做的。记得刚回国时，我在北大社会学系当老师，带着学生去保定做一个入户调查项目。别的老师大都止于研究设计、督促和检查，我却跟学生一起敲门入户访谈，因为心里对做的事有虔诚感、敬业感，甚至有一点点神圣感。几十年做下来，著作等身，但那毕竟是学院派的专业工作，不应该出名的。虽然我已得到社科院最高的专业职称（二级研究员，没有一级），但专业上比我做得好的人不少，出名的不该是我。

如果说是因为我研究的领域比较吸引公众关注，那倒是一个可能的原因。我的研究领域其实是三个：家庭、性别和性，但是公众并不关注前两个，只关心第三个。原因是在性的领域，社会禁忌颇为严重，基本属于研究禁区和死角，突然间有人对此做了研究，每说一句话都使社会的神经备受刺激。

如果说是因为王小波，那应当也是部分原因。王小波只有一个，偏偏又是我的丈夫，喜欢王小波的人，男的会出于好奇顺带看看他老婆是什么人；女的则想这幸运儿也不怎样，心中打翻醋瓶。而且我和小波的关系有点儿特殊，我们当初的爱情故事有点儿像男人版的灰姑娘童话，不是英雄救美，而是"美救英雄"。也许正因为这样，我们的爱情故事更有看头也说不定。

其次，我希望对名望这件事保持冷静看法。名望的好处是有一些话语权，说话有人能听到，总比没人听到要好些；说话有人响应，总比没人响应要好些。除此之外，有了名望，稿费也高些。但是，名望这东西是柄双刃剑，有利也有弊。它的弊就是容易搞得盛名之下其实难副，做不到实至名归，被人贬，被人骂，有时候被人贬低到自己的实际水平之下，也很不爽。

不能说我没有一点儿虚荣心，但是我知道虚荣心是坏东西，不是好东西。所有的名望，无论多么实至名归，在地球热寂之后都会灰飞烟灭。一切富贵荣华都是过眼云烟。认识不到这一点，就不只容易变成一个虚荣的人，而且会成为小丑，沦为公众的笑柄。

如何看待名利

对于名利，世间很少有人能做到真正超脱。记得小时候接受思想教育，总是批判名利思想，自己也总是在检讨自己的名利思想。当时被教诲要树立的正确思想和人生观是为人民服务，毫不利己专门利人。也就是说，生活的目的不应当是自己的名和利，而应当是社会的福祉。

人想出名除了过去被批判过的自私动机之外，也有一个无可厚非的理由：不愿自己生活得平庸琐碎，希望自己的人生精彩辉煌。名利心重的人，一想到自己将平庸地度过一生，默默无闻，存在过就像没有存在过一样，就不寒而栗，就痛不欲生。出名无望，就陷入极为痛苦纠结的心境，像热锅上的蚂蚁，惶惶然不可终日。他的生活因此变成地狱，好像有只小虫子在不停地啃噬着他的心。

我承认，我是个名利心比较重的人。我有时候会在发了一篇博客之后，隔段时间就点开看看，看到几分钟之后阅读人数到了五百，心里就暗暗高兴；看到阅读人数到了一万，心里又暗暗高兴（想到梭罗在瓦尔登湖默默写作，却没有人能读到）；数量到了十万，就想，还出什么书啊，纸质书的读者数量能到十万吗？看到有一篇由于被网站推荐的时间长，读者数量达到六七十万时，几乎忘了自己写作时的快乐，心里就剩下对互联网的惊诧和敬畏了。

现在来反思对于名利思想的批判，觉得并不全对，因为名利之心虽然不太高尚，却是人类社会进步、文明发展的一种动力。世界上有多少好东西是人为了名利创造出来的？又有多少仅仅是为社会进步造福他人创造出来的？我估计，前者所占比例要大大超过后者，有俗语为证："人为财死，鸟为食亡""无利不起早"……什么话要是成了俗话，只能说明一件事：人同此心，心同此理。因此，人生在世，求名求利，无可厚非，只要做到不损人利己就可以了，名利之心未必不可以成为一种人生的正能量，所以一味加以批判没有什么道理。

话说回来，人对于名利这些东西要有清醒看法。所谓清醒看法，包括三个要点。

首先，名利之心虽然人人皆有，无可厚非，但是，与为国为民相比，与利他主义相比，与各种更崇高美好的道德理想相比，它毕竟不是什么高尚的东西，比较俗气。

其次，富贵荣华都是过眼云烟，生不带来死不带去。看不透这一点就不能说对世界和人生有了清醒的看法。

最后，出名这件事绝不可刻意追求，越想出名越不容易出名。正所谓"有心栽花花不开，无心插柳柳成荫"。原因何在？因为一心想出名的人并不真正喜爱自己在做的事，只是把它当作出名的手段。而人生在世要做好任何一件事，必须对它有发自内心的兴趣，要是只把它当作出名的手段就绝对不会做好这件事，因此也就不会出名。

一味追求拔尖是幼稚病

竞争选拔制度是中国自古以来的制度，被外国人民高度评价，因为它可以保证不因出身背景只按智力水平遴选人才，尽管考八股有很多弊病，但是也比只靠世袭和关系选拔人才要强。现代的考试制度也属这一性质，是一种公平选拔人才的制度，有人甚至认为高考制度是当今中国真正公平的竞争制度，其他竞争都因为受既存政治资本、经济资本、文化资本的影响而并不真正公平。在这种竞争选拔制度下，每个人从小就形成了追求拔尖的心理，其中确能拔尖的人也不免有点儿自鸣得意，这是很自然的。

但是，一味追求拔尖是幼稚病。它是虚荣心的表现。人的才能是各种各样的，拔尖除了智商较高、做事效率较高之外，并不能说明什么。比如不少智商高的人，情商很低，他们在现实生活中连异性朋友都找不到，就像《生活大爆炸》里的那几个草根，智商不低，但是在交友方面却一败涂地，生活并不快乐。

此外，在追求拔尖的过程中，人会较少有创造性。因为所谓拔尖，就是在既有的规则和轨道上的赢家，世界上真正伟大的文学家、艺术家、科学家都不一定是在既有规则竞争中的优胜者，成功的企业家和政治家就更不一定。因为凡是要做出真正伟大的事业，必须有原创性，要比所有的过去的成功者都高明。要敢于藐视既有的规则，有更新颖的思路。一味追求在既有轨道上往前跑，就不会有另辟蹊径的念头，就只能得到世俗的成功，也就是比一般人做得好些而已，不会成就真正伟大的、独特的、原创的事业和作品。

最后，在追求拔尖的过程中，人会过于入世，过多把心思放在俗世的目标上，比较少关注精神的修养。归根结底，尘世的一切努力只是过程，不是目的，目的应当在灵魂和精神的层面。如果把世俗的成功当成了目的，人生就会变得异常狭隘，所有的喜怒哀乐也会变得异常局促，精神生活会变得干瘪枯燥，人也会显得缺少灵性，甚至丢掉灵魂（如果此人曾经有过灵魂的话）。

总之，真正成功的人生是灵魂澄澈、精神丰满，从这个意义上说，一个世俗意义上的成功人士完全有可能是行尸走肉，他们徒有睥睨众人的外表，却没有丰满、宁静的内心，没有生存的愉悦和幸福，因此也就算不上拥有一个真正成功的人生。

抵御诱惑

正当我刚刚开始学画之际，朋友聚谈时提到一位诗人的近况，她前些时候突发奇想，开始画画，不到一年时间，已经办了画展，画也卖了大钱。朋友说，你也可以呀，你也是名人嘛。

心中感觉到诱惑，但是隐隐觉得不妥：本来学画是为了修身养性，享受生活的美与静，这样一来，又掉到混浊的尘世中去了，钱呀，名呀，又是这一套，还是老一套。这样想，这样做，美在哪里？静在哪里？必定会逃得无影无踪。

如果搞艺术，就不能存钻营之心。心中要纯净得像清澈见底的小溪，除了对美的追求，心无旁骛。

如果搞艺术，就不能存侥幸之心。总想着卖钱，待价而沽，搞不好就像那"一个鸡蛋的家当"，还没开始就打碎鸡蛋，结果只是做一场黄粱梦；即使搞出点儿名堂，也并未真正享受到过程，收获的只是焦虑和贪婪，没有美好。

如果搞艺术，就不能存世俗之心。对美的追寻，就是对超凡脱俗的追求，如果不能抵御世俗诱惑，超凡脱俗，就不会追求到真正的美，也不会在追求的过程中有美好宁静的心情。

如果画画时总想着卖钱，就会去迎合世俗的喜好，而不会纯净地追求自由的表达，没有了自由的表达，就不会有独特之处，也不会创作出自由奔放只忠于自己内心感觉的作品。

所以，我要抵御所有的诱惑，纯纯地、心地干净地去追求美，浸淫在纯粹地对美的追求和享受的过程之中。不关注结果，只关注过程。把追求美的过程当作目的而不是手段。

修行中遇到的最大问题就是各种各样的世俗诱惑。人要想让自己的心境真正进入静修状态，须拒斥这些诱惑。

诱惑首先来自利。人为财死，鸟为食亡，人小时候有家人呵护，长大就要自立，自己养活自己。人要挣钱养活自己是天经地义，问题是挣多少钱就可以打住了？我想应当是够花销就行了。不应当无止境地挣钱挣到死。到六十岁就可以停下来了，把挣来的钱花一花，不然只挣不花，到死时钱都给别人留下了，白白便宜了他们。而且败坏了自己的生活，使自己的一生成为辛劳、无趣的一生。

诱惑其次来自名。人不愿默默无闻，喜欢有人知道自己的存在。但是名声并不是越大越好。一般来说，被许多人知道尤其是喜欢，感觉是好的。但是有时这种知名度也会打扰人的生活，比如在网上被人冒名写文章，被人传谣言，被人谩骂泄愤。所以名望是一柄双刃剑，它使人快乐，但是也使人受扰，心里不安宁。如果要想保持心灵的宁静，一定要练就对名望不过于焦虑的心态。

大千世界，诱惑多多。但归根结底，诱惑还是来自内心的欲望，包括食欲、性欲以及对各种身外之物的占有欲望。只有遏制自己的欲望，才能得到内心的宁静。欲望不除，人无宁日。所以，修行的一个目标就是摒除所有的欲望,回归内心。守着自己的所有之物,不期望自己所无之物,随遇而安。

随遇而安有两个含义,一是外部境遇,一是内部禀赋。无论是贫富贵贱,安于所有外部的境况,不强求自己得不到的东西;无论是智愚妍媸,安于自己身心的境况,不强求自己成为不能成为的人。只有这样,才能真正得到内心的宁静。这种想法乍听起来相当消极无为,但非如此,内心永难安宁。

占有还是存在

占有还是存在，这是一位哲学家提出的命题。在这个世界上，有太多的人一心想多占有东西，占了还想占，多多益善。在把注意力全都集中到那些被占有物的同时，他们却忽视了自身存在的价值。

人生在世，有占有一些东西的刚性需求，所以从原始社会后期开始，全世界所有的社会中都产生了私有制，占有东西的欲望是在人类刚刚满足了生存的需求，有了一点剩余物资的时候就滋生了，在随后的千百年当中愈演愈烈，几乎成为所有文明社会中的基本制度。存在即合理，私有制有它的功能，它满足人们衣食住行的基本需求，保证生活的安全舒适。

那么，问题出在哪里呢？问题一是出在贪婪，二是出在忘记存在本身。

由于所有社会都有贫富分化，虽然有些社会贫富差距小些（基尼系数在 0.2 以下），有些社会贫富差距大些（基尼系数高于 0.2，甚至达到 0.4），但是都会有些贫富差异。富裕的人产生优越感，贫穷的人产生窘迫感；富裕的人似乎生命更值钱，贫困的人似乎生命价值都低。这种鲜明的对比是对人的强烈刺激，使富人感受到志得意满，使穷人感受到失败、失落。在人们殚精竭虑地挣钱和期望拥有更多的时候，贪婪就成了一种普遍的社会心理。贪婪的最典型表现就是炫耀性消费——消费已经超出了原来仅仅满足需求的功能，成为一种社会地位的炫耀。这种贪婪的结果是社会资源的大量浪费和社会风气的败坏。

当人一味追求在生活中的占有时，他会忘记自身存在的价值。人过于专注于这些身外之物，权力、金钱、名望，有了嫌少，还要更多，有了这样，还要那样。在追逐这些东西的过程中，人淡忘了自身存在的价值，把手段当成目的，自己是为这些身外之物活着，而不是为自己活着的。这就错了。因为无论你占有了多少东西，最终的结局还是离世而去，所有的占有物都无法带走，也无法享用。"人之将死，其言也善"，就是到死亡临近时，人才猛然想到自己的存在，才后悔没有早早多想想这个问题，甚至在几十年的生命中根本都没有意识到这个问题。这样的人会有太多的后悔，悔不当初。

维特根斯坦是一个最典型的重存在轻占有的人，他把继承来的巨额财产捐掉，自己潜心研究哲学，写书，在认为哲学已经没有什么好研究的时候，就去乡村小学当了一名教师。所以，他才能够在临死时留下这样的遗言："告诉他们，我度过了美好的一生。"他的一生之所以美好，并不是因为他占有了很多，而是因为他是一个时时关注自己的存在的人。

人生应追求什么

在论述了人生不应追求什么（金钱、权力、名望）之后，心中感到若有所失：在这一系列的"不"之后，"是"又是什么呢？在否定了对金钱、权力和名望的过度追求之后，人生应当肯定的价值和应当去追求的目标又是什么呢？

我首先想到的是身体的健康舒适。这个价值听上去似乎太简单、太平庸，够不上一个目标，也用不着去追求，其实不然。贫困和疾病是人生中最常遭遇的痛苦，能够使自己得到起码的温饱和健康对于许多人来说已经是一个要竭尽全力才能达到的目标。为此，每个人从小都要习得一种谋生的技能，长大能够养活自己，能够靠自己的劳作挣得一种比较体面的生活。此外，除开天生残疾、遗传病，很多疾病都是后天的生活方式所致，要靠自己的节制和毅力才能修得健康的身体。所以身体的健康和舒适完全有资格成为我们追求的价值。

身体的舒适当然还应包括性活动带来的快乐，这也是人生值得追求的一个重要价值。中国传统性文化对性有很正面的看法，因此得到福柯这样的专家和其他西方人的表扬。因为根据中国人对性的传统看法，它不仅能够给人带来一时的快乐，而且有益寿延年的功效。

人生值得追求的第二个目标是精神的愉悦和丰富。许多人的一生枯燥干瘪，完全是精神的不毛之地，任何时候心中只有现实生活中的琐事和焦虑，辛劳一生，很少有开怀大笑、会心一笑和精神亢奋愉悦的时候。大自然有享用不尽的美景，令人心旷神怡；而人造的美更是无穷无尽，音乐、美术、文学、戏剧，令人精神愉悦，使人感受到生命的美好；亲情、友情和爱情也能够给人带来无与伦比的愉悦感觉。有时，精神上快乐幸福的感觉会远远超过肉体上的快感。因此，与身体的舒适相比，精神的愉悦是人生更值得追求的价值。

人生最高的境界是为他人造福，从物质和精神两个方面去帮助那些需要帮助的人。前一方面是理想主义的革命家、改革家、慈善家、医生、志愿者、义工所做的事，后一方面是哲学家、艺术家、科学家、教师在做的事。凡是在自己谋生之外还有造福他人和社会的动机的人都属于这个范畴。他们通过自己的劳动和创造性工作，改善人们的物质和精神生活质量，救苦济贫，救死扶伤，为人们提供精神的享受和愉悦感。当人们因为他们的工作提高了生存质量的时候，他们自己也感受到了一种超越个人的快乐。这一快乐更加高尚、更加纯粹，是一种超越了个人生存目标，为他人、为社会、为世界变得更美好做出了一些贡献的感觉，它使人觉得自己的存在更丰满、更愉悦、更有意义、更有价值。

作为对比，可以将这些到达人生高境界的人与一些出生在富裕之家的懒人两相对照，后者一出生就具备可以终生无所事事的条件，就像古代的贵族。肉体的舒适和精神的愉悦都不必自己去刻意追求，可以信手拈来，但是他们并没有达到人生的高境界。这种人在我看来是另一类"先天残疾人"，他们就像冈察洛夫笔下的奥勃洛摩夫，生活舒适则舒适矣，却完全丧失了生活的动力，因此不会有健康快乐的人生，更不会体验到人生的高境界。他们在生活中什么也不追求，也就没有任何特定的目标，因而他们的人生也没有价值、没有意义，就像那个奥勃洛摩夫，小说都读到一大半了，他还没从床上下来呢。

生命的愉悦

在这个季节，坐在屋子里的电脑前，一股秋风带着久违的凉意吹拂全身，我感觉到生命的愉悦。

我的生命像一条静静的小溪，汨汨地流淌，没有烦恼，没有忧愁，没有任何精神和肉体的打扰。我好像由人变成了物，对周边的一切既毫无感觉，又无比敏感。毫无感觉的是人世的纷争，身心的疲惫和焦虑，对名、对利、对世人孜孜以求的一切；无比敏感的是和煦的微风，居所近旁小湖的水面的涟漪，小鸟欢快的鸣唱，蓝天和白云。

使我愉快的是阅读黑塞的《玻璃球游戏》。读这本书一开始并没有特别的好感，以前也没有看过他的书，虽然他是诺贝尔文学奖得主，但不知怎么一直没读过他的书。越读到后来，越受吸引，因为这本书讲的是人类的智力游戏，他对人类的各种精神活动有自己独特的看法，一种非常独特的概括。

还没读完，谜底还没有揭开，读这本书竟然像是看一部悬疑片，那个高深莫测的谜底一直诱惑着你往下看。我刻意不去翻书的结尾，从而能够享受谜底慢慢揭晓所带来的快乐。

我感谢黑塞，我感谢这样的书，他们就像和煦的微风，使我感觉到生命的愉悦。

谜底终于揭晓了。玻璃球游戏原来是指人类最高级、最精致的精神游戏。具体一点说，是科学加美加静修，三位一体。

在书中某处，有这样诗意的语言：让"眼睛映满了星空，耳朵装满了音乐"，这就是人类精神生活最美好的境界。

全书写的是精神世界与世俗世界的对立。精神世界里的人们生活平静、美好，但是他们是靠世俗世界的人供养的，一旦发生战争、饥荒，精神世界的生存就难以为继。世俗之人有种种世俗的痛苦，婚姻、家庭、生计乃至生老病死，无一不需要应对的力量，完全没有精神生活的世俗生活也是痛苦的，无奈的，形同行尸走肉。

难怪会得诺贝尔奖，它涉及了人生的重大问题。

生之焦虑

人生在世，总有焦虑。年轻时，焦虑事业，焦虑爱情；中年时，焦虑婚姻，焦虑养家；老年时，焦虑身体，焦虑死亡。由于焦虑过度，人们活得不快乐，严重地陷入抑郁状态。

怎样才能摆脱焦虑？这是人生修炼的一大目标。

只能靠对世俗人生哲学的潜心研究和沉思了。

人如果很年轻时就完全没有焦虑，那他就不可能成就任何事情，因为在人世的诸多竞争中，人生的奋斗就如逆水行舟，不进则退。只要竞争，只要努力，就一定有焦虑。那么消除焦虑的途径在哪里呢？我认为有两个原则可以消除焦虑：一个是量力而行，另一个是适可而止。

如果一个人给自己设立的目标比自己的能力所能达到的高太多，那么焦虑的程度就会很大。在我的一生中，常常记得一句话：求其上，得其中；求其中，得其下。如果一开始就把自己的目标定得很低，那么成就就不会大。所以为自己设立一个比较高的目标是对的。但是，目标不可以比自己能力所能达到的高出太多。比如自己明明没有文学才能，却立志要做个文学家，目标实现不了，就会陷入焦虑之中。只应为自己设立一个略高于自身能力的目标即可，既可以起激励作用，又不至于使自己屡受挫折，陷入焦虑。

所有的奋斗和努力都应当在适当的时候停下来，或者在年老时，或者在身体衰弱时，或者在欲望减退时。如果身心健康，欲望高涨，当然还可以尽情地去做任何能够真正为自己带来愉悦感的事情，对于我来说，就是写作；在欲望衰退后，就应当毅然决然地停下来，彻底休息，平静地走向死亡，如黑塞所言：学着去死。

世间最美好的事物

常常感到世间美好事物是稀少的，多数事物平庸、琐碎，令人厌恶。

常言道，人生不如意事，十常八九，就是这种感觉。熵增趋势无处不在，无时不在，就是这种感觉。因此，当我们听到忧伤的音乐时会产生共鸣，心弦被拨动，热泪盈眶。因此，我们喜欢看悲剧甚于喜剧，因为在观看一部悲剧杰作时，我们可以任泪水尽情流淌，在同情主人公的命运时，隐隐哀悼自己的人生。

世间美好的是亲情。父母无条件地爱我们，但是我们无力阻止他们一天天老去，最终离世。每每忆及他们呵护我们的点点滴滴，泪水便会无声滚落，那是思念，那是绝望，他们已经无可挽回地逝去。

世间美好的是爱情。当迷恋的激情发生之时，我们陷于微醺状态，觉得天更蓝，花更红，一切都美好得不可思议。可惜，迷恋的激情不可能持久，或迟或早会转为平淡无奇，有时还会消失得无影无踪，无论是因为爱的对象逝去，还是因为激情不再。

世间美好的是友情。当相互的共鸣发生之时，我们感觉到内心的熨帖、舒适。但是真正达到蒙田与拉博埃西那样灵魂投契的程度的朋友并不多见,因为人的灵魂千差万别,每个人生命的兴奋点各不相同,少有相互间灵魂的完全重叠融和与喜爱,有时甚至难免阴差阳错,鸡同鸭讲,平添离愁。

归根结底,每个灵魂都是孤独的,孤零零来到世间,孤零零面对短暂而又漫长的人生,孤零零面对死亡,最终孤零零地离世,在浩渺的宇宙中消失得无影无踪,就像从未存在过一样。如果说曾经有过美好,最终也会丧失,这就是每个人都无从逃避的命运和人生。

世间最有趣的事物

人的一生,说长不长,说短也不短。记得有一个笑话,有个人见到上帝,他听说上帝那里的一分钱相当于世间一万元,所以就求上帝说:"上帝呀,您能否给我一分钱?"上帝答:"行啊,等我一秒钟。"而上帝那里的一秒钟相当于世间一万年。在造物主眼里,人的一生只不过就是一眨眼的工夫,所以说人生真的很短促。但是从微观角度看,一天一天,一般人要过三万天;一年一年,也有八十多年。想来还是挺漫长的。

在过了六十岁后,回顾一生,发现世间有趣的人和事物是如此之稀少,让人不胜感慨。人的一生大多数时间只能生活在吃喝拉撒的平庸琐碎之中,见到有趣的人和有趣的事的机会实在不多。

在我看来,世间最有趣的事情莫过于爱情,当人爱上另一个人时,人自身的存在处于最兴味盎然、朦胧暧昧的状态。所有的事情,只要是可以预知结果的,是可控的,立即就会丧失兴味,因为你只要木木痴痴、按部就班地去做就可以了,预定的结果会自然到来,不会感到兴奋、快活、痛苦、刺激,总之,比较平淡。但当人陷入爱情时却完全相反，他对另一个灵魂只是一味地喜爱、渴望，可是对方的心思却是飘忽不定、难以预知的。这种朦胧暧昧和未知就显得很有趣，像猜谜，又像捉迷藏，那个最终的谜底吸引着人，那个似有似无的身影吸引着人。那谜底如果是 Yes，人会欣喜若狂；那谜底如果是 No，人会痛不欲生。因此，说恋爱是人生最有趣的游戏，此言应当不虚。

世间比较有趣的事情是创造美。无论是写小说、写诗、写散文，还是写随笔、写博客、写学术专著。在写作过程中常常能够感受到兴奋和快乐，那是当你有了一个有趣的想法，做出一个巧妙的表达，甚至恰到好处地用了一个词，写出一个句子时，你会感受到快乐。这种快乐在写诗和小说时感觉最为强烈，在写博客时有时也能感受到，在写学术专著时偶尔也能感受到。

除此之外，世间有趣之事还有对美的享用。世间所有的人当中，当数艺术家最有趣；世间所有的事物当中，当数他们的作品最有趣。无论是文学、音乐、美术，还是戏剧、电影，那些真正达到了"美"的境界的作品并不多，但是也足够人的一生享用了。如果稍稍放低欣赏门槛，比如把侦探小说、一般的爱情小说、质量比较高的商业影视剧加进来，那就把一生所有的闲暇全部用尽也享用不完了。

回顾我过去的日子，感觉差强人意：我遇到过美好的爱情，感受过创造的快乐，也每天都如醉如痴地享用着人类最美好的艺术作品。在我失去爱情之后，我还能创造；在连创造的冲动也失去之后，我还能享用别人创造出来的美好的艺术品。我决定就用这样的生活将自己的一生塑造为一件美不胜收的艺术品，以便到离世时不会留下任何遗憾。

向往优雅的生活

作为"50后",我们生长在粗粝的环境中。所谓粗粝,一是物质生活的粗粝,二是精神生活的粗粝。物质生活水平低下,刚刚够吃饱穿暖。精神生活也干瘪粗糙,跟优雅的精神生活连一点儿边也沾不上。

在这样的生存环境中,人们对于优雅有十分复杂的感觉。有怀旧似的眷恋,有轻微的罪恶感,有伴随着嫉妒感的向往,也有犹犹豫豫的厌恶。就像孔庆东对章诒和描写最后贵族生活细节的反应。章诒和那些最后的贵族会为了某种特别味道的酱豆腐跑遍北京的大街小巷,毛巾必须每天换新的;孔庆东的反应则是父亲单位一年才发两条毛巾,全家大小把它们用到油渍麻花的程度。当数量众多的穷人挣扎在温饱线上之时,只属于凤毛麟角的优雅不得不带上罪恶的烙印。

现在,情况已经大大改观,大多数人过上了安定的小康生活,人们已经超越了吃饱穿暖这个生存的最低标准,开始追求快乐了。饮食男女,人之大欲存焉。人生在世,食欲与性欲的满足几乎囊括了人大部分的欲望和追求。古今中外，概莫能外。而食欲和性欲的满足只是获得优雅生活的条件，还远远不是优雅本身。

当然，有些食欲和性欲的品位可以臻于优雅的境界，比如说真正的法国美食和章诒和的酱豆腐。但是，真正的优雅恐怕还要从高级的精神审美活动中获得。文学、艺术、哲思、修行，只有从这些高雅的美的鉴赏和创造活动中，人才能获得真正的优雅。

优雅与否，只可以从细微处察觉，粗略去看是看不出来的。这种区别是微妙的，可意会不可言传的。

优雅是一种生活态度。成天为生存挣扎劳作是无缘优雅的，只有到达悠闲的境界，才有可能优雅。而许多土豪即使可以整天无所事事，仍是粗俗的。

优雅是一种灵魂状态。灵魂是轻灵的、清澈的，所有的琐碎事物，所有肉体的需求和欲望，都与优雅无缘。

优雅是对美的享用。眼耳鼻舌身，所有的器官都关注美，仅仅关注美，享用美带来的赏心悦目的愉悦，逃离和避开所有的猥琐和丑陋。

俗话说，三代人才能培养出一个贵族。而优雅就是贵族的特征。

草率与精致

有的人生是草率的，懵懵懂懂的；有的人生是精致的，明澈的，清醒的。前者是多数人的状态，后者只有少数人能够做到。

多数人就像被一种未知的力量抛到世界上来，出生在一个家庭，被懵懵懂懂地喂养长大成人，然后自己成家生孩子，尽其所能把孩子养大，自己老去、死掉，所遭遇的一切都是切近的，所做的事情都是不得不做的，即使有点儿闲暇，也是犯犯愣，玩玩随机的游戏，把时间打发掉。有时，跟周围的人发生冲突，也会激烈地争吵，伤心动肝，但是细想起来，全是鸡毛蒜皮的琐事，完全不值得的。

少数人的人生却不是那么草率、懵懂的，他们能够将自己的人生塑造成一件精美的艺术品。事实上，他们从有了自我意识之后就一直在有意地做这件事：将自己的人生塑造成一件艺术品。正如福柯所说，不知从何时开始，艺术成为一个专门的行当，音乐家歌唱，画家作画，作家写作，艺术家雕塑，而人生难道不应成为一件艺术品吗？

精致的人生包括三个方面的精致：物质生活的精致、人际关系的精致以及精神生活的精致。

物质生活的精致并不是奢华,并不是炫富,而是简单的、质朴的,衣食住行仅仅是舒适而已,绝不刻意追求名牌和过多的占有,所做的一切仅仅满足存在的必需。因为与存在相比,对物质的占有是无足轻重的。

人际关系的精致是精心挑选可交之人。古人说,知己者,二三子。王小波讲过,以交友为终身大事,可也只交到几个朋友而已。亲人固然无可选择,友人、爱人却可以精心挑选。只与心灵投契者交往,不把精力浪费在应酬式的人际交往上面,这是将自己的生活塑造成艺术品的重要一步。

精神生活的精致则是精心挑选人类智慧和艺术宝库中的精品来享用,尽量不在低劣的精神垃圾中虚耗生命。如果自己恰好有某种艺术才能,则创造一点点美出来。而在塑造美的艺术品的同时,将自己的生命也塑造成一件精美绝伦的艺术品。

万物皆备于我

退休之后，没有工作压力，没有生存压力，没有非做不可的事情，没有无法满足的欲望。每天清晨即起，洒扫庭除，然后面对电脑，开始写作，心情平静，甚至可以说是愉悦的。愉悦来自一种万物皆备于我的感觉。

难怪黑塞讴歌老年，说的就是这种心情，这种境界。叔本华脍炙人口的钟摆理论讲的是一种绝望的矛盾：当人有欲望无法满足时，他痛苦；当人所有的欲望都满足时，他无聊。人生就像钟摆一样在痛苦和无聊中来回摇摆。现在，我所有的欲望都已满足，可是侥幸还没有陷入无聊的境地，又是何等幸运。

我的幸运首先要感谢互联网的出现。在梭罗的时代，他独自一人住在瓦尔登湖，观察自然，观察生命，把各种感悟用美好的文字记录下来，但是并没有人能够听到他的所思所想，他的天籁传达不到听众的耳中，是多么寂寞。而如今我只要发一篇博客，几分钟之内就有几百人可以读到，使人从心底感到愉悦，就像刚刚对知音友人直抒胸臆，双方会心一笑，心中的慰藉感觉难以言表。

蒙田曾说:"如果我有信心做我真正想做的事,我就会不顾一切,彻底地自说自话。"为什么自说自话还要"不顾一切"?那是因为如果你仅仅自说自话就不会有听众。而互联网把这个问题彻底解决:一个人尽可以自说自话,而竟然听者如云。这是多么惬意的事情!

归根结底,人还是社会的动物,与人交流是与生俱来的愿望,否则他与一棵树、一只小虫、一块石头没有区别。这种交流当然包括身体的接触,但是更迫切的是精神的交流。无论怎样花样翻新,也就那么回事。而精神生活却大为不同。有的人像沙漠一样,一片荒芜;有的人却是枝繁叶茂,郁郁葱葱。二者有天壤之别。叔本华所说的无聊就是指前者,他的钟摆理论并未把所有人一网打尽,而是对精神丰富者尤其是艺术家、哲学家网开一面。他们在满足了所有的物质欲望之后,转向精神,从而可以免除无聊的宿命。

当然,我免除无聊的生活还要感谢古今中外所有精神优异者的精神产品,文学、美术、音乐和影视作品,如尼采所说,人为什么不需要朋友,因为他完全可以通过这些精神产品与古往今来最优秀的人谈天说地,与这些最优秀的灵魂做最美好的交流与分享,终身受用不尽。没有别的理由和动机,只是确保自己的生活不至于陷于无聊,而是充满精神的愉悦和感动。

论无所事事

不劳动者不得食。这是自从各国都否定了贵族制度之后人们普遍认同的一种价值观。资产阶级革命铲除了社会上有一小撮人可以从出生到死去完全无所事事的特权,要求所有的人都参加生产劳动,即使是资本家本人也要辛辛苦苦把资本挣到手,有的通过体力劳动(很多出身贫寒的资本家),有的通过脑力劳动(经营管理类劳动)。后来就连资本家的劳动一度都不算劳动了,他们成为一个个工薪劳动者。像比尔·盖茨和李嘉诚这样的企业家,也不是无所事事之人。

有一种说法:世界上的优秀艺术品都是无所事事的人创造出来的,比如说贵族。古代的贵族成天无所事事,所以就别出心裁地创造出一些美和有趣的东西。他们活得百无聊赖,所以会挖空心思到处去找乐子,找着找着就发明出一些有趣的游戏,比如写小说。

这一说法是拿得出一些证据的,比如普希金、托尔斯泰就都是贵族,他们从出生就可以不愁衣食,可以无所事事,有大量的闲暇时间可以写作。但是这一理论无法解释许多出身贫寒的作家,比如陀思妥耶夫斯基,他写了《穷人》,虽然高雅的艺术圈奚落他的作品有股子"汗酸味",但是谁也否定不了他在世界文学史中的地位。

在我们这个没有贵族的社会,无所事事地生活的地位是需要争取的,比如退休是在终身劳作之后,有钱是在辛苦挣钱之后。

在人已经到达了可以无所事事地生活时,多数人并不会真的选择无所事事。原因在于不忍看时间白白流逝,不愿让生命完全虚度。虽然明知不管是虚度还是"实度",最终都会殊途同归,没有区别,但是虚度比较郁闷,找点儿事做比较快乐。

生活质量三维度

人的生活质量有高有低。质量有三个维度,一是物质生活质量,饮食、空气、睡眠等;二是人际关系质量,所打交道之人的优秀程度;三是精神生活质量,精神的纯粹丰富程度。

物质生活质量并不完全取决于经济能力,只要达到了温饱线,财富与物质生活质量就不一定有关了。天天吃酒宴,饮食质量并不一定比粗茶淡饭高,从致病的角度看,可能反而更高;身处豪宅,睡眠质量并不一定比一般住宅高,如果心中焦虑,可能反而更低;住在大城市,空气质量并不比乡野地方高,反而更低。

人际关系的质量对生活质量的影响更大。如果一个人所交往的都是纯净的、幽默的、美好的人,那么他的心情会常常处于愉悦状态;如果他交往的是沉闷的、猥琐的、小肚鸡肠的人,那么他也会活得无精打采或是气急败坏。

精神生活的质量对生活质量的影响最大。如果一个人有丰富的精神生活,每天与世界上最优秀的哲学家、文学家、艺术家交流对话(当然是通过他们的作品),脉搏与这些优秀的人一起跳动,思绪与这些美好的作品一起徜徉，追随着其中的美，享用这些美妙的思想、感觉，内心的愉悦感绵延不绝，那才算真正高质量的生活。万一自己还能像王小波所说，"创造出一点点美"，那生活的感觉将更加美不胜收。

在物质生活、人际关系和精神生活三个方面不断审视自己的生活。如哲人苏格拉底所言，不经审视的生活，不值得一过。要过上高质量的生活，除了要具备享受人生的物质条件和精神条件之外，还有一个意愿的问题。

享受人生的物质条件当然包括谋生的基本技能，使得人能够独立于世，吃饱穿暖，身体健康。如果处于病中，就根本无法有享受的感觉，只能苦苦挣扎，度日如年。

享受人生的精神条件则包括感受力、理解力、敏感度，如果感受力不强，理解力不强，也无法有享受的感觉。尤其对于艺术品的精妙之处，没有一颗善感的心，往往感应不到。感受力其实倒不一定需要专业的训练才能获得，就像看一幅画，它的好坏价值是专业评论人的事情，至于能否为人带来美的享受只需要一颗善感的心就足够了；就像读一本小说，它的优劣高下是专业评论家的事，而一篇小说能为人带来美的享受也只需要一颗有理解力的心灵就已足够。

物质和精神条件全都具备了，还有一个自身意愿的问题：有的人天生不愿意享受，而愿意受苦，比如那些抑郁的人，比如那些出家的人。比起享受人生，他们更愿意品味人生的痛楚。这也并不是完全不可取的人生态度，反倒是一种更接近生命本真状态的选择，因为人生的真谛并不是快乐，而是痛楚和荒芜。

人间清醒

深刻的悲哀

就在最近 50 年间，宇宙的生成、发展和结局才真正被天文学家确知，正好是在我的有生之年。

从人类 300 万年前在地球上出现到 50 年前，没有人确切知道宇宙是什么样的，只是有过很多的假说：佛教的假说，基督教的假说，各种世俗的假说。如今，水落石出，真相大白，各式各样的假说不攻自破，烟消云散。科学家告诉我们：宇宙出现（138 亿年前）—恒星时代出现（100 亿年前）—地球出现（50 亿年前）—人类出现（300 万年前）—人类消失（50 亿年后）—地球消失（50 亿年后）—恒星时代结束（100 亿年后）—宇宙消失（3.65 万亿年后）。所有的神及其传说都是人类的自我安慰，所有的天堂、地狱都不过是人类的臆想，其主要功能是劝善和死后的精神寄托。

看到一部关于宇宙熵增趋势的科普影片，讲述了在最近几十年间人类才最终真正搞清宇宙的起源、走向和结局。那些简洁而不容置疑的事实就被科学家那么突兀地、赤裸裸地呈现给我们，令人无比震惊。

* 时间箭头：宇宙从有序状态走向无序、衰亡和毁灭。永远的熵增趋势。

* 最近观察到了一颗红矮星，人类之所以能看到它是因为该星球热寂时发出了伽马射线，该星球爆炸发生在 130 亿年前。换言之，我们是在此事发生的 130 亿年后看到它的。

* 恒星出现是宇宙发展的转折点。地球形成于 50 亿年前。人类形成于 300 万年前。50 亿年后太阳消失，地球生物死亡。

*100 亿年后，恒星时代结束。恒星渐次演变为红矮星、白矮星、黑矮星（恒星灰烬），原子消失，黑洞消失，时间消失，在 3.65 万亿年后，宇宙进入永恒黑暗和空无。

* 人生是宇宙的瞬间光亮。

片中用形象的方式演示了熵增趋势产生的原因：人用水和沙做了一个小小城堡，在风中，沙的城堡渐渐解体，化为无形。因为沙子被风吹走了。如果要阻止熵增趋势，每一粒被吹走的沙子要由另一粒沙子在同一位置补上，而只要没有人为干预，这是不可能的事，因此熵增趋势是绝对的。

过去，人们对宇宙的起源、走向和结局只是猜测，如各类科学的假说。当科学研究像铁板钉钉一样把确凿的事实呈现给我们时，它带来的震惊还是振聋发聩的。我们终于知道了：事实原来如此。既没有天堂，也没有地狱，既没有上帝，也没有佛。宇宙出现—恒星时代出现—地球出现—人类出现—人类消失—地球消失—恒星时代结束—宇宙消失。就是这样一个过程，无限熵增的趋势无法改变。地球是如此渺小，人类更加渺小，时间是如此短暂，最终归于空无，时间终止。

由此，任何一个理智健全的人，只能是无神论者。对宇宙的发生、发展和结局稍加了解就只能选择无神论了。最近50年间人类对宇宙的形成和走向的真相认知，就这样轻而易举地击碎了所有的宗教信仰。人类再也不会回到蒙昧状态去了，因为一切已经水落石出、真相大白了。

在确认这一切之后，我们心中不再存侥幸：侥幸有来生，侥幸有佛，侥幸有神，侥幸有意义。我们每个人拥有的一切仅仅是这几十年（幸运者一百年）的时间，它只是宇宙的瞬间光亮（其实它能算上光亮吗）而已。

在这个确凿的事实面前，人所体验到的只剩下深刻的悲哀。既然最终要死，生还有什么意义？既然最终要消失，存还有什么意义？人生就像蜉蝣，朝生暮死；人生就像花朵，花开花落；人生就像沙粒，被狂风从沙滩吹进了大海。我敏感的灵魂啊，你怎么受得了这样的空无？

生命之偶然

隐约记得存在主义有个说法（大意）：每当想到生命之偶然，就感到恶心，想呕吐。萨特专门写了本小说，取名《恶心》，也有人译为《呕吐》，就是这个意思。

小时候不明白，生命偶然就偶然吧，为什么会觉得恶心，想呕吐？现在想来有这样几个理由。

承认生命的偶然就等于承认没有神，宗教只是假说。人的生命就像普通的动物、植物甚至无机物的存在那样偶然，根本就没有目的、没有意义、没有必然性。飞机失事就最能昭示生命之偶然以及所有神灵的不存在。如果一切是必然的，就无法解释为什么是这些生命而非其他生命以这种方式结束；如果有神灵，就无法解释为什么神不挽救这些无辜的生命。

承认生命的偶然就等于承认它没有任何意义。过去各类宗教为生命提供的各种意义全都破产了。比如认为人死后有灵，有来世，有天堂，有地狱。这些假说不但为生命提供意义，而且提供行为规范：不可以做坏事，做了坏事会有来自上天的惩罚。如果说生命只是偶然的存在，那么意义和行为规范只能由世俗的伦理道德来提供。文化在这方面是最杰出的：它用祖先崇拜和生殖繁衍这些世俗行为提供生命意义，用世俗规则来规范人的行为。缺点就在于，做坏事的人只有被抓到才知道收手，没有一点儿内心的约束。

生命是可悲的。与浩瀚的宇宙相比，它是那么渺小，像一粒微尘；与乍看上去无限的（其实还是有限的）时空相比，它是那么脆弱，像一只朝生暮死的蜉蝣。

宇宙的荒芜是一个千真万确的事实，惨不忍睹。人们常常用美丽的幻影美化它，比如说星空看上去很美好很迷人，其实都是人的一厢情愿，宇宙并不领情。用不着去美化事实，它是什么样子就说它是什么样子好了，美化与否，于事无补。

生命之可悲也是一个千真万确的事实，更加惨不忍睹。人们更爱用美丽的想象来美化生命，比如说生命很壮丽很辉煌，其实也是人的一厢情愿。古往今来亿万生命都已逝去了，并没有回来，也没留下什么痕迹。即使那些名垂青史的生命也成了史书上的一个个符号，是在世界这块大石头上的一道道浅浅的刻痕。而且随着岁月的侵蚀，变得越来越模糊，最终灰飞烟灭，了无痕迹。因此，也用不着去美化生命，应当照它的原样来看待它。美化，也是于事无补的。

知道生命只是偶然之后，第一感觉就是无奈。人出生前和死亡后都不存在，那么人所拥有的就只有这几十年的时间。但是，也用不着像萨特那样因此就觉得恶心，这是一种太过强烈的不满和对生命的否定态度。应当在把生命的偶然性想透之后，在把生命之无意义想透之后，故意用一种快乐的、肯定的态度来应对这种偶然性，肯定生命，珍爱生命，快乐地度过有生之年的每一天，把快乐的最大化和痛苦的最小化作为存在的目标。老老实实地活着，认认真真地活着，快快乐乐地活着，几十年之后就静静地消失在浩瀚的宇宙之中，消失得无影无踪。这就是所有人的宿命。不这样，还能怎样？

生命意义——无解之谜

一位哲人说，人必须完全自觉个人在这个无意义的世界中的不合理的存在，才能解脱。我常常能够深刻感到生命的无意义、不合理。人从来到世上，一路挣扎、追求、修炼，然后就那么离开了。这有什么意义呢？这个问题是无法解决的，没有答案的，或者说这个问题的答案已有，但是没有人愿意接受它。这一答案就是：毫无意义。既知答案如此，又要勉强自己生活下去，这是一个不可解决的矛盾。

在生命意义的问题上，荣格和海德格尔有不同的看法。荣格认为，对于正常人来说，有什么必要追寻生命的价值或存在的意义呢？这样的问题只是对于精神分裂了的、异化了的人来说才会发生。而海德格尔却认为应当追问存在本身的意义，"人就是一种领会着存在的在者"。

从很年轻时起，虚无主义对我就一直有很大的吸引力。这种吸引力大到令我胆战心惊的程度，使我不敢轻易地想这些问题。我不敢长时间地看星空。看着看着，我就会想到，在这众多的星星中，地球就是其中的一个；而人在地球上走来走去，就像小蚂蚁在爬来爬去。人的喜怒哀乐、悲欢离合在其中显得毫无价值。人们孜孜以求的一切,实际上都是毫无意义的,或者说得更精确些,最终会变得毫无意义——吃饭对于饿的人有意义,睡觉对于困的人有意义,但对于死人来说,它们全无意义。每个人最终都会死,死就是无意义,生因此也无意义。人为什么要在世上匆匆忙忙地奔来跑去呢?有时我会很出世地想(好像在天上俯瞰大地):人们在这个世界上奔忙些什么呢?我仿佛看到,在这小小的地球之上,人海汹汹,日月匆匆,不知人们都在追求些什么。

有一段时间,我的情绪有周期性的起落,差不多每个月都会出现一次"生存意义"的危机。在情绪低落时,就会有万念俱灰的感觉。人怎能永远兴致勃勃呢?一个永远兴致勃勃的人一定是个傻瓜,因为他从没想过他为之忙碌的一切都毫无意义。

普鲁斯特在《追忆似水年华》中说过:"我只觉得人生一世,荣辱得失都清淡如水,背时遭劫亦无甚大碍,所谓人生短促,不过是一时幻觉。"

毛姆在《人性的枷锁》中以主角菲利浦的口吻说:"人生没有意义,人活着也没什么目的。一个人生出来还是没有出生,活着还是死去,都无关宏旨。生命似轻尘,死去亦徒然。""万事万物犹如过眼烟云,都会逝去,它们留下了什么踪迹呢?世间一切,包括人类本身,就像河中的水滴,它们紧密相连,组成了无名的水流,涌向大海。"他还这样写道:"我早已发现,当我最严肃的时候,人们却总要发笑。事实上,当我隔了一段时间重读我自己当初用我全部感情所写下的那些段落时,我自己竟也想笑我自己。这一定是因为真诚的感情本身就有着某种荒谬的东西,不过为什么这样,我也想不出道理来，莫非是因为人本来就只不过是一个无足轻重的行星上的短暂生命，因此对于永恒的头脑来说，一个人一生的痛苦和奋斗只不过是个笑话而已。"

这些文字总是能打动我的心，"一个无足轻重的行星上的短暂生命"，"一个笑话"。如果人没有注意到这个残酷的事实，他活得肯定不够清醒，不够明白。人生在"永恒的头脑"看来，就是一场"当局者迷"的荒诞剧。然而，"旁观者清"啊！人们在台上很投入地扮演着悲欢离合的角色，悲壮激烈，他们不愿相信，在"永恒的头脑"看来，那不过是一个笑话而已，他们绝不愿相信。这就是人的愚蠢之处。每个不愿正视这件事的人都是在自欺欺人。

人活一世，都想留下痕迹。有人说，人最大的目标是青史留名；有人说，即使不能流芳千古，能够遗臭万年也是好的。说这话的人没有想到：在地球热寂之后，什么痕迹都不会留下。记得在我发表了第一篇文章时，曾在日记中写道：我已经留下了第一个痕迹。当时的我没有想到，这个痕迹就像沙滩上的脚印，很快就会被海浪抚平。世界上没有一个人能够在宇宙中留下痕迹，这是毋庸置疑的。正如哲人所说："人生的目的是什么？在我看来是不难解答的。人生的目的不过是死亡而已，因为在这世界里生存的一切都像尘土一样被时间的气息渐渐吹走……就像在沙漠中脚迹一下子就会被吹没了那样，时间也会抹掉我们存在的痕迹，仿佛我们的脚就从来没有踏过大地似的。"

既然如此，人活着岂不和死了没什么区别？是这样的。这就是我对生活最终的看法。当你把这个痛苦的事实当作不得不接受的事实接受下来之后，你就会真正地冷静下来，内心会真正地平静下来。

你会用一种俯视的、游戏的态度来看人生。

在想透了生活的无意义之后,就要"死马当活马医"了。尽管没有任何意义,尽管我们知道人死之后最终不会留下任何痕迹,我们还是可以在我们生存于世的这几十年间享受生存的快乐。尽管生命本身是没有意义的,但有些事对生命是有意义的:肉体和精神的痛苦对生命有反面的意义;而肉体与精神的快乐对生命有正面的意义。这就是我心目中舒适与幸福在人的生命中的位置。

有一段时间我开始读"禅",心中有极大的共鸣。禅揭示了生活的无目的,无意义,它提到要追求活生生的生命,生命的感觉。其实,生命的意义仅在于它自身,与其他一切事和人都毫不相关。参禅时,我想到,过去我常常受到世间虚名浮利的诱惑,其实是没有参透。

然而,我又不愿意在参透之后使生命的感觉变得麻木,而是循着快乐原则,让生命感到舒适(没有病痛,基本生理需要得到满足)和充实(精神和肉体的享受)。它包括对好的音乐、美术、戏剧、文学的享用。更重要的是把自己的生活变成一个艺术品,让自己的生命活在快乐之中,其他的一切都不必追求和计较。美好的生活应当成为生存的目的,它才是最值得追求的。

福柯说:"令我震惊的一个事实是,在我们的社会中,艺术已经变成仅仅与对象而不是同个人或生活有关的东西了。艺术成了一门专业,他们由艺术家这样的专家做出来。但是,难道每个人的生活不能成为艺术品吗?为什么一盏灯或一座房子可以成为艺术品,我们的生活却不能成为艺术品呢?"毛姆也曾说过:"我认为,要把我们所生活的这个世界看成不是令人厌恶的,唯一使我们能做到这一点的就是美,而美是人们从一片混沌中创造出来的。例如,人们创作的绘画,谱写的乐章,写出的作品以及他们所过的生活本身。在所有这一切中,最富有灵感的是美好的生活,这是艺术杰作。"

生命本身虽无意义,但有些事对生命有意义。

生命是多么短暂,我想让自由和美丽把它充满。

对于终极问题的追问

对于终极问题的追问到底有无必要呢？所谓终极问题，就是生命意义的问题，正如加缪所言：死的问题是唯一重要的哲学问题。人既然最终会死去，那么为何而生就成了一个大问题——唯一重要的问题。

世界上大多数人可以做到对终极问题终生不追问。他们出生、长大、衰老、死去，所思所想所做全都是环境使然，上学、就业、结婚、生子，该做什么就做什么，不该做什么就不做什么。只想眼前的事情，从不想生命意义这类终极问题。生亦安然，死亦安然，既不特别兴奋，也不特别悲伤，懵懵懂懂地度过一生。也正因为其懵懂，而显得宁静和安然。

有少数人会在有生之年偶尔追问终极问题。但是因为关于生命意义的问题是没有答案的，或者如果一个人的心够坚硬，一个人的头脑够清醒，就可以明白生命最终的无意义，宇宙的空旷和荒芜是唯一的真实，所以这些人的追问必定带来痛苦的感觉。这是那种从不追问的人感觉不到的痛苦。这些人每当战战兢兢地去追问，就会陷入这无尽的痛苦之中，内心会受到宇宙和人生的空旷与荒芜的折磨，难得安宁。

有极少数人会在有生之年不断追问这个终极问题，有人追问的频率相当高，隔个几年就会想，或者每年过生日的时候会想，或者每个月都想，最极端的人几乎每天都想。这样的人容易陷入精神崩溃的境地。荣格就说过，生命意义这个问题不能常常想，常常想会得精神病。我想原因就在于这个问题的答案太痛苦，人的精神如果常常受到这样的痛苦折磨，当然会承受不住。唯一的好处是，与前两种人相比，这种人活得更清醒，更经常地意识到自身的存在。

我属于第三种人，会常常追问终极问题。大概因为总是在痛苦中磨炼，所以竟未崩溃，神经反而被折磨得强健起来，就像长了茧子的皮肤，对疼痛有了点儿抵御能力。再想这个问题时就可以不那么战战兢兢、不那么痛苦了。在把这个终极问题彻底想透之后，倒也不是完全不可能获得内心的平静，那是一种无可奈何的平静，一种苦中作乐的平静。既然生命如此渺小而无意义，就像朝生暮死的蜉蝣，那么可以简简单单找些快乐的事情做一做，然后长眠不醒，从宇宙中消失。但愿能够像维特根斯坦那样，在临终时说一句："告诉他们，我度过了美好的一生。"人生的终极问题想透之后，恐怕也只能如此了。

宏观与微观

从宏观角度看,人生无意义,在万千星球中,在万千生命体中,人无意义地生生息息,来来去去,能有何意义?从微观角度看,人可以为自己的人生赋予某种意义,它可以是一个仅仅利己的人生,可以是一个仅仅利他的人生,也可以是一个既利己又利他的人生。它可以是一个快乐的人生,一个痛苦的人生,也可以是一个既快乐又痛苦的人生。

每当人面对人生无意义这个命题,都会变得异常痛苦,甚至把"人生无意义"这句话当众说出来,人都会立即感受到犹疑、失落和喽啜。如果人生从造物主的眼里看真的没有意义,那人还活个什么劲儿?可惜,无论你是否敢于面对,问题仍然在那里,这个命题像十万吨的重锤,把人生碾得粉碎。

唯一的出路,是从微观角度、从个体角度、从主观上为自己渺小的人生赋予一个个人的意义。

这个意义可以是仅仅利己的:我存在,我满足自己的各项需求,我独立自由地在这个地球上存活一段时间,我的存在有自己的喜怒哀乐，悲欢离合。我为这些牵肠挂肚，备受折磨。在我的存在结束之时，我把这些统统抛弃，忘却。即使想记忆，也已经没有了记忆的器官。

这个意义可以是仅仅利他的：最典型的利他的人生是特蕾莎修女，是雷锋，他们只是一味地奉献，服务他人，帮穷救困，把一生用在为他人服务之中。不太典型的是传统的贤妻良母，她们把一生奉献给丈夫和孩子，含辛茹苦，无怨无悔，从来不追求个人的快乐，只是一味地牺牲。

这个意义还可以是既利己又利他的：那些伟大的艺术家和科学家，一方面享受到自身的自我实现，把他们的天赋发挥到极致，与此同时，为世人提供最美好的精神产品——文学、艺术、科学技术，改善了世人的物质生活和精神生活，从而得到一个对周边的人和对自己有意义的人生。

总之，生命的宏观的无意义和微观的自赋意义，就是这个令人痛苦的问题的答案。想透了，也没有什么太难面对的。

挑战幽灵岛

人总是生活在惯性里。我的意思是,人活着,但是并不是时时意识到自己活着,只是懵懵懂懂地凭着惯性度过时光,就像在一个大下坡的滑道上,心里空空,头脑昏昏,梦游一样不停地凭着惯性往下滑行,到了终点或者马上就要接近终点时才猛醒:我这是在哪里?我在做什么?我是谁?为什么?

我的一生大部分时间就是这样过来的。有点儿与众不同的是,我在往下滑的时候会比较频繁地从梦中惊醒,不时问自己这些问题。当然,没有答案。于是又睡过去,延续梦中的滑行。

人活着,要名,要利,要荣华富贵,要流芳千古,什么都想要,但很少想为什么要,只是凭着一种从幼儿园时代被培养出来的竞争心理(每次考试都是一次小小的培养)拼命往前跑,如果跑到了别人前头,还会边跑边回头看看,把别人落下多远,会不会被人追上。在人生赛道上发足狂奔之时,很少有人能停下来想想,自己这是往哪里跑,为什么要跑,最终的目标是什么,为什么。

当生存目的发生问题遭到质疑之时，我的存在意识才苏醒了，这就是我从二十岁开始对存在主义产生兴趣的原因。心灵有何种需求，就会身不由己地趋向于那种需求的解决方案，而存在主义就是对于我的生存意义危机的一个解决方案。一开始接触存在主义，我便立即受到强烈吸引，并且终生不渝地钟情于这一哲学。虽然听说有学院派哲学家抨击存在主义，说它根本算不上哲学，但是我对它的钟爱不曾减少：我不管它算不算哲学，我只是把它当作我的人生排忧解难的方案。

是存在主义第一次使我意识到生命之偶然，那个茫茫大海上偶然闪现的幽灵岛的意象深深植入我的意识中，不离不弃，终身伴随。我们每一个人都像茫茫大海中突然闪现的幽灵岛，在存在一段时间之后，悄然隐没，全无踪影。它的出现，既无目的，也无意义，纯属偶然。存在消失后，全无踪迹可寻，就像从未出现过一样。这就是人生（生命、存在）的残酷真相。我必须鼓起勇气，直面这个残酷的事实，直面惨淡的人生。

不仅要直面这个残酷的事实，还要苦中作乐，为这个毫无意义的偶然生命赋予我个人的意义。我选择的是一个舒适、快乐、宁静的人生，像一件精美的艺术品。享用美好的爱情、友情和亲情，享用人类智慧创造出来的美，尝试自己也创造一点点美，如果不成功也不烦恼，只是把自己的人生塑造成一件精美的艺术品。值得庆幸的是：做这件事跟别人无关，跟才华无关，只要我想，我就能做到。

为什么做事

退休之后,生活的方式变得纯粹:过去,总有许多不得不去做的事情,忙碌焦虑,争分夺秒,事半功倍,按时交活儿,无形中冲淡了关于生命意义的思虑。现在则不同,所有的忙碌戛然而止,生活的意义、做事的意义每时每刻摆在面前,无可回避。

只要想想浩瀚的宇宙和渺小的稍纵即逝的生命,马上就会万念俱灰,全无动力做任何事情。叔本华写道:"但愿我能驱除把一代蚂蟥和青蛙视为同类的幻觉,那就太好了。"如果心灵比较强悍,就不需要这类幻觉。人类的生命说到底与昆虫没什么大的区别,只不过它们的生存时间更加短暂,一天或一年,而人类幸运的话可以活一百年。仅此而已,岂有他哉?

既然知道生命并无意义,一切终将归于沉寂,为什么还要去做事情?还有什么事情是值得一做的?我常常这样反躬自问。没有答案,只是心中感到一片茫然。

如果说有一个答案,那就是:没有一件事是值得一做的。这是一个人们不愿意直面的答案,惨烈而悲壮。

既然如此，人们为什么还在做事呢？

人们做事的原因有两类，一类是不得不做的，一类是作为享受喜欢去做的。前者是所有谋生类的事情，为了满足起码的生活必需、为了维持生存不得不去做的事情；后者是自己喜欢去做的事情，能从中获得愉悦感的事情。相对来说，后者才是值得一做的事情。

人在全无必需的情况下，如果还有动力做事，应当出于以下几类动机。

第一类动机是想使自己的生命伟大一些，而不是那么渺小。日常生活，吃喝拉撒睡，都是渺小的。有些人做事是为了使自己的生命不那么渺小，做出一点儿常人做不出来的事情，使自己从芸芸众生中脱颖而出，被人仰望，被人尊重，被人记忆。

第二类动机出于对他人的同情和怜悯，帮助他人。像那些做慈善的人，他们希望以自己的能力和努力帮助那些处境不如自己的人。我认识一帮动物保护主义者，每天为改善小动物的处境东奔西走，大声疾呼，他们就是出于同情和怜悯。

第三类动机是所做之事能给自己带来巨大的快乐。一些艺术家就是这样的，他们写小说、画画、作曲、拍电影、排话剧。在做事的过程中非常享受，乐此不疲。

目前，我对第一种动机和第二种动机都很淡，只剩下第三种动机使我每天还能勉强爬起来做一点儿什么。与此同时，我会继续常常想着宇宙和我的生存，演练死亡。我想把每晚睡去想象为死亡，因为它有一段时间是全无知觉的，确实跟死亡很相像；把每天早上醒来想象为出生，因为这样才能使我的生命中新的一天过得有新奇感、兴奋感。我的每一天都应当以梭罗在那篇日记中表明的态度来度过，他在瓦尔登湖畔在日记中郑重其事地写道:我现在开始过 × 年 × 月 × 日这一天。经过这样的演练,我希望在死亡到来的时候,我的心情会无比平静,因为我已经无数次地演练过死亡。

向死而生

人生最终的目标是死。人生之旅最终的目的地无一例外是死。人生就是向死而生。

加缪说过，死亡是唯一重要的哲学问题。世上哲学家何止千万，他们在做的学问很多并未涉及这个加缪眼中唯一重要的问题。一般人关心这个问题的就更加罕见了。人们只是被动地经受死亡，当它临近时变得忧心忡忡，怅然若失；当它来到时，肝肠寸断，无可奈何。

我却愿意常常想到这个问题，把它想清楚，在它来临之前就直接面对它。

其实，死亡这件事情，只要鼓起勇气直接凝视，也没有那么可怕。那是所有人的终点，相差几天、几月、几年、几十年而已，从宇宙和时间的角度看，这种差异几乎可以忽略不计。它是所有人的终点，是所有人生之旅的归宿。

因此，竟然听到这样一种说法：死就是生的目的。说死是生的终点，一般人还能接受，说死是生的目的似乎就有点儿过分了，难道我们活着的目的就是为了去死吗？死是生的中断，怎么能成为它的目的呢？目的地并不就等于目的。目的地是我们最终要去的地方，但是目的地怎么能成为目的呢？

我倾向于认为，死的确是每一个人人生的目的地，但是人生还可以设立许多其他的目的，比如说肉体的舒适和精神的愉悦，这就可以成为人生的目的。虽然我们最终会一步一步走向死亡这个目的地，但是在走到那个目的地之前，我们可以为自己设立许许多多的目的，其中我最看重的是快乐，每日的快乐，终身的快乐。未免浅薄，但是我真的想不出人生还可以有什么其他目的是值得追求的。

学着去死

　　读过黑塞的《悉达多》和《玻璃球游戏》，觉得他是一个很有哲学味的小说家，爱在小说中讨论哲学问题，思想深邃隽永，毕竟是诺贝尔文学奖得主嘛，非等闲之辈。缺点是这个人身上带着一股书呆子气，加上德国人特有的那股认真劲儿，有时对事情较真到令人忍俊不禁的程度。比如看到他在一篇论年龄的文章中这样说，年老和年轻同样是一项美好而又神圣的任务，学着去死和死都是有价值的天职。死就死，还要学着去死，这不是笑死人嘛。

　　然而，笑过之后，冷静想想他的话，想想他究竟想说什么，不由得让人肃然起敬。虽然我最听不得"任务""天职"这样的话，觉得它们把人好端端的生活搞得味同嚼蜡，但是说年老和死亡是需要适应的事情却没有错，而要想适应就需要学习，所以黑塞说要学着去死也没有错。

　　人从年轻步入年老，最终走向死亡，就像植物从破土出芽，到抽枝长叶，到开花结果，再到枯萎凋零，是任何人无法逃避的过程，这是一个虽然痛苦但却真实到残酷的事实。所以，与其心怀惴惴，闪烁其词，不如勇敢面对，坦然言说，甚至像黑塞所说的那样，把它当作一门课程来学习，探讨一番。

如果让我来开这门课程，我就把它概括为两个部分，第一部分探讨年老和死亡是什么（what），第二部分探讨如何应对年老和死亡（how）。为什么（why）就算了，因为没有为什么，上帝就是这么安排的。

年老和死亡跟年轻和活着相比肯定是比较痛苦的，几乎可以在所有下列反义词组中成为后者，比如茂盛和萎落，成长和衰落，向上和向下，快乐和痛苦……但是，难道年老就不能是快乐的，而只能是痛苦的吗？黑塞在同一篇文章中这样写道："我们曾为愿望、梦想、欲望、激情所驱使，正如大多数人一样，通过我们生命岁月的冲击，我们曾不耐烦地、紧张地、充满期待地为成功和失望强烈地激动过，而今天当我们小心翼翼地翻阅着自己生平的画册时，禁不住惊叹：我们能躲开追逐和奔波而获得静心养性的生活该是多么美好。"是啊，年老不应仅仅是痛苦的，它也可以是快乐的、美好的，甚至比年轻还快乐、还美好。因为所有的奋斗、竞争、辛劳和磨难统统离我们远去，我们可以随心所欲、自由自在地享受生活，作为我们一生辛劳的报偿。这是我们应得的快乐和安适，是我们的特权。我们可以像古代的贵族那样生活几十年，成天无所事事，兴高采烈，沉浸在各种美好的事物当中，尽情享用，乐不思蜀，然后怀着平静的心情迎接死亡，在临死时像维特根斯坦那样说一句：告诉他们，我度过了美好的一生。这难道不是一件很美好、很惬意的事吗？

那么我们应当怎样对待老年和死亡呢？很简单：以一种享受的心态。步入老年后，人的各类欲望都会降低，那么根据自己欲望的等级加以满足就好了。人的欲望的强弱有很大差异，与年龄成反比，即随着年龄的增长而逐步降低。有的人的欲望几乎全部丧失，像水边石头上晒太阳的乌龟，可以一动不动几十年；有的人食欲、爱欲、性欲尚存，那就应当想办法满足，使这些欲望得到满意的宣泄，这也没有什么可羞愧的，不必刻意压抑；有的人还有享受各类精神愉悦的欲望，比如享受各类艺术品的欲望甚至创作欲望，那就尽情地去宣泄这些欲望和冲动。要知道，各类欲望的强弱就是生命力强弱的表征，欲望强者生命力强大，欲望弱者生命力弱小。但是，无论欲望和生命力是强还是弱都不必做好坏的评价（既不必认为欲望强烈才是值得骄傲的，也不必认为到了这个岁数还有欲望是可耻的），只要按照其强弱程度加以满足就是最好的方案。

最后，我想用黑塞《论年龄》一文中充满诗意的话语作为本文的结语。大师就是大师，他的文字不仅言简意赅，而且富于诗情画意："我们对于去参与某些事件和采取行动的要求越低，我们静观和聆听大自然的生命和人类生命的能力就变得越强，我们对它们不加指责，并总是怀着对它们的多姿多态的新奇之感任其在我们身旁掠过，有时是同情的、不动声色的怜悯，有时是带着笑声，带着欢悦，带着幽默。"他的"掠过"一词用得多么好啊。

诗意生存

在所有的生存方式中，选择诗意的生存。诗意既是抽象的，也是具体的。抽象的诗意生存来自对生命的诗意想象，超脱凡俗肉身的想象；具体的诗意生存来自爱恋一个具体的人。

在万千星球之上，有生命的只是凤毛麟角，有人类存在的更是唯一。生而为人，能够意识到自身的存在，有存在感，这是多么罕见、多么美好的一件事。矿物、植物不必说，就连动物也没有存在感，唯有人能够如此清楚地意识到自身的存在，这难道还不够诗意吗？人可以将自己的存在想象为一首歌，一首诗，一朵花，一颗流星，盛开之后，悄然陨落，这难道还不够诗意吗？

具体的诗意生存来自对美与爱的追求。一般的生物体只有保持生存的欲望和与此有关的一切努力，觅食、性交、繁衍后代，而人却可以在满足生存必需的追求之外，追求爱与美，追求富于诗意的人生。欣赏美，创造美，爱一个人，被一个人爱，这是生活中具体的诗意。如果只停留在满足生存必需的层次，那样的生活就缺乏诗意；而如果能够在生活中追求到美与爱，那就是诗意的存在。

所以，人，诗意地栖居，抽象地，也具体地栖居。

灵魂相拥

爱情究竟是什么

爱情究竟是什么？这个问题人们已经问了几千年，至今无解。

几千年前，古代哲学家苏格拉底就曾提出这个问题：什么是爱？并以狄奥提玛这位爱的导师的话作答："它既非不朽之物，也非必朽之物，而是介于这两者之间……它是一个伟大的精灵，而正像所有的精灵一样，它是神明与凡夫之间的一个中介。"

几千年后，当代哲学家罗兰·巴特在《恋人絮语》中仍然在说："我实在很想弄明白爱情究竟是怎么一回事。"

按照我对爱情的理解，它是一种两个人情投意合、心心相印的感觉，是一种两个人合二而一的冲动。它是一种突然迸发的激情。激情一旦减退，谈爱就属枉然：爱要么是激情的化身，要么什么都不是。当激情的爱发生之时，被爱的人的可爱之处被剧烈地夸大，以致在有爱和没爱的两个人眼中的同一个对象会是如此的不同，判若两人。正因为如此，普鲁斯特才会一再地表达这样一个看法：所有陷入情网的人，爱的不是真实的对象，而是自己心目中虚构的对象，是自己的感觉本身。

也许研究最终表明,"爱"这种感觉不过是一种错觉而已;但的确有人经历过被称作"爱"的这样一种心理过程,有爱和没爱的界限在他们心中像黑和白一样分明。无论如何,"爱"是一种非常奇妙的感觉,是美好的,是一种不可多得因而值得珍视也是值得尊重的人类体验。虽然当事人有时不得不为了其他的价值牺牲爱,就像《廊桥遗梦》里的女主人公为了家庭价值牺牲爱那样,爱本身是没有罪的。如果一桩爱情发生了,它就是发生了,它不仅不应当因为任何原因受责备,而且从审美的角度来看,它肯定是美的。

爱的发生可能与生活质量有关。据社会史学家研究,在前现代的欧洲,大部分婚姻都是契约式的,是以经济条件而不是以彼此间的性魅力为基础的。在贫困者的婚姻中,有一种组织农业劳动力的手段。那种以永不停息的艰苦劳动为特征的生活不可能激起爱的激情。据说,17世纪德国、法国的农民中间,已婚夫妇之间几乎不存在亲吻、亲昵爱抚以及其他与性相联系的肉体爱恋形式,只有贵族群体间才存在性放纵,这种性放纵在"体面的"妇女中间被公开认可。浪漫之爱是在18世纪以后才出现的。

爱的发生可能还与人们的生活方式有关。在古代,女人藏身深闺,不易得到,因此常常能激发出浪漫爱情;而在现代,女性不再是不可接近的了,无须有很长一段追求期,人们来不及"爱上",就可以由一见钟情转而过起同居的生活。有极端的实践者竟这样说:"三天之内,我们就已成为老夫老妻了。"在后现代的开放空间里,不少男女在性方面的过度挥霍造成了爱的贫乏,他们渴望拥有真正的爱情。"这是一个对爱情饥渴到极点的年代,因为缺乏,所以饥渴。"

对于激情的爱,人们褒贬不一。激赏它的人视之为人类最快乐、最值得珍视的经验;但是反对的意见也很多,从各不相同的角度。著名人类学家马林诺夫斯基说:"爱是一种激情,这无论是对马来西亚人还是欧洲人而言都是一样的;它或多或少都会使心身备受摧残;它导致许多困局,引发许多丑闻,甚至酿成许多悲剧;它很少照亮生命,开拓心灵,使精神洋溢快乐。"吉登斯则说:"无论是什么地方,激情之爱都不曾被视为婚姻的充分必要基础;相反,在大多数文化中,它都被视为对婚姻的难以救药的损害。"

从爱情与婚姻关系的角度来说,爱情的演变经历了两个阶段。在古代,它与婚姻没什么关系,只存在于浪漫的情人之间。在近现代,通过好莱坞式的爱情的普及,和有爱情的人结婚成为一种理想,但是实际上,在婚姻中,激情最终变成柔情、亲情。此外,在许多婚姻中,压根儿就没有激情,只有柔情,有的连柔情也没有。这样的婚姻与古代的婚姻没什么不同。古人严格区分爱情与亲情,今人则渐渐将二者合一。今天的爱情因此已经发生了重大的转变:在古代,爱情就是激情,婚姻就是爱情的坟墓,是爱情的障碍,是与爱情势不两立的东西;在现代,爱情在最初的迸发之后,渐渐转变为亲情;激情渐渐转变为柔情,爱情与婚姻实现了某种程度的结合,不再是水火不容的两极。

爱情与自由

人陷入爱情就陷入了一种心有所属的状态，即丧失了自由。当然，这是一种对自由自愿的放弃——甜蜜的放弃，人自愿成为爱的囚徒。当裴多菲说"生命诚可贵，爱情价更高，若为自由故，二者皆可抛"之时，他所谓自由应当是针对专制独裁意义上的自由，但是在这里不妨借用一下：要爱情，还是要自由？

要爱情当然有道理，爱情给人美好的人生体验，一个人对另一个人的迷恋和深情厚谊是人世间最美丽的花朵，最美好的人际关系，最纯粹的存在感觉。我们甚至可以像笛卡儿说"我思故我在"那样说"我爱故我在"。对于笛卡儿的说法，如果不了解其哲学背景，会觉得不知所云，或者说不知其所以云：为什么人之思考能证明人的存在呢？难道不思考的人就不存在吗？这一说法背后的哲学争论是唯物论和唯心论的繁复讨论：怎样证明物和人是存在的，而不是感官的虚构？笛卡儿的"我思故我在"可以理解为：如果我不存在，那么我的思想是哪里来的？同理，陷入恋爱中的人可以说："由于我在爱，所以我是存在的。我爱故我在。"

要自由的理由更加充分，因为自由是一个独立强大的灵魂必须具备的品质。如果生而不能自由自在，随心所欲，那么人不会真正快乐，除非你的爱完全出自自身的需求并且从中感受到快乐。听上去像一个悖论：爱是放弃自由，因此不会快乐；但是出自自由意愿的爱却可以接受，因为它是快乐的。在这里，标准是快乐：如果爱变成了一种责任、一种义务，或者没有得到回应，它就不再为人带来快乐，只带来痛苦和束缚。在这种情况下，就是放弃爱，回归自由的时刻了。

要放弃爱，谈何容易？人愿意沉溺在爱的感觉之中，即使这种感觉已经变成一种虚幻或单向的感觉，人仍不愿放弃。因为爱情的感觉在人平淡的生活中太过美好，太过奇异，就像一种天堂才有、世间所无的甘甜果实，一尝之下，人就再也不愿放弃，哪怕为它牺牲自由，甚至粉身碎骨都在所不辞。在爱的时候人会忘记，每个人在这个世界上都是绝对孤独的，所有的人际关系都不过是对这一残酷事实的可怜巴巴的遮掩罢了。人孤零零地来到人世，然后孤零零地离去。虽然听上去很惨，但是没得选择。表面上看，人生在一大堆人中间，活在一大堆人中间，死时身边也围着一大堆人，但是难道人的灵魂不是孤零零地在人世间飘荡吗？死后如果有灵魂，它会继续孤零零地在空中飘荡；如果没有灵魂，那就是彻底地消失，像从未存在过一样。人如果不能或不敢正视这个惨淡的事实，他就不是一个清醒的人，他就只能是一具懵懵懂懂的行尸走肉。

在面临爱情和自由二选一的局面时，我选择自由，不选择爱情。原则是快乐：当爱情带来快乐时，我当自由地选择爱情；当爱情不再为我带来快乐时，我当选择自由。

爱情是病吗？

近读多丽丝·莱辛（诺贝尔文学奖得主）的《天黑前的夏天》，小说写的是一位四十五岁的典型的中产阶级家庭主妇凯特遭遇中年危机，对自己的一生全面质疑。在经历了完美的爱情、婚姻、生养了四个孩子的标准家庭主妇生涯之后，她对自己的人生产生了深刻的怀疑，尝试了外出工作和不成功的婚外恋情以及离家单独居住，思索自己的人生境况，可是，她最终还是选择了回归家庭。她有个邻居玛丽，跟她虽然是形影不离的好友，生活态度却完全不同。她并不像凯特那样在乎丈夫、子女，总是打扮得很入时，情人不断线。她从来不知道爱情为何物。丈夫开始受不了她，离了婚，后复婚，最终就那么接纳了她。

小说中对爱情的质疑很有意思。凯特有这样的沉思和独白："爱情、责任、恋爱，还有失恋、有爱心、举止得体、懂规矩，这些是病。是的，有时我觉得所有这些都是病。""这很可能就是未来的性观念，浪漫爱情、渴望想念、绝望情绪全被放逐到精神失常的过去。"

小说提出的一个重要判断是：浪漫爱情将进入过去式，它不仅是一件过时陈旧的事情,而且是精神失常的表现。这是未来人们的看法吗?这是残酷的事实吗?

凯特和玛丽,两个女人代表两种观念,两种人生追求。前者是以爱为性,性爱结合;后者是以性为爱,有性无爱。前者一向受到讴歌,后者一向遭遇批判。但是从小说塑造的玛丽这一形象来看,虽然笔墨不多,倒也真实可信。看来完全不懂爱情、不要爱情,只有性关系、婚姻关系、亲子关系的人生,也不是完全不可能,也不一定就是很糟糕、很不幸的生活模式。在现实生活当中,浪漫爱情的发生率并不很高,大多数人过的就是玛丽这样的人生,难道就毫无价值或者必须受到贬低吗?如果我们不看文学艺术作品,只看芸芸众生的现实生活,就不得不承认,很多人的人生都是只有性没有爱的。如果我们把爱定义为一种迷恋的激情,那么即使在那些发生了爱情的关系中,爱情也持续不了多长时间,会转变为既非迷恋也不激烈的柔和的亲情和友情。

那么,爱情究竟是什么呢?它是真实存在的吗?它真的如小说主人公所说的只是一种病态,是精神失常的表现吗?

首先,我认为世上的确存在着被叫作爱情的这样一种迷恋的激情。它不仅存在于小说和影视作品当中,也确确实实在现实的凡夫俗子的生命之中发生过。

其次,爱情的确不是常态,而是一种比较罕见的现象,但是我不愿称它为病态或者精神失常。当人陷入迷恋的激情时,它使人偏离了清明冷静的理智,它会美化对象,使爱的对象蒙上一层夸张的薄雾,自身也陷入一种微醺的状态,陶醉其中。当爱情遭到阻碍或拒绝时,其丧失理智的程度更加凸显,人的情绪失控,陷入疯狂的痛苦之中。旁观者冷眼看来，的确相当夸张、疯狂，就像精神失常。但是这种激情确确实实发生在并无精神病史的普通人当中。

最后，激情不会延续很长时间，会在关系延续了一段时间之后转化为柔情，就像熊熊的烈火转化为涓涓的小溪，爱情转化为亲情和友情。当然，有极少数人能够在一生中常常处在爱情之中，但是只要爱情的定义是迷恋的激情，这个人的爱情对象绝对不会始终是一个人，而是一系列不同的人，在极端情况下，也许会出现同时爱两个人的境况，无论如何，就是不会从一而终，因为对一个人可以有持续很长时间的激情，但是迷恋无论如何不会始终集中在一个人身上，只要理智恢复，就不会再沉迷了，除非始终没有得到回应，那就是单恋了，也可以叫苦恋。如果一直得不到回应，爱情的喜剧会最终演化为悲剧，就像少年维特的结局。

总之，爱情是人世间稀有的、宝贵的、最富于戏剧性的经验，它不应当被视为病，但是它也绝非人生存的常态。

爱是最美好的生存状态

人生在世,最美好的生存状态是沉浸在爱之中。因为吃喝拉撒只是简单的生理活动,毫无美感可言,有些甚至是丑陋的。绝大多数的劳作不过是为了谋生,也毫无美感可言。当然,创造性的劳作除外,它可以为人带来愉悦和美感。这样找来找去,只剩下爱,只有爱是人最美好、最纯净、最有趣的生存状态。

最可怜的人是从来不知道爱的存在的人。他们像小动物一样懵懵懂懂地度过一生,只是一个生物性的存在、肉体的存在,而不是一个精神的存在。他们也没有精神上的需求,没有对爱的需求和渴望,因为他们不知道爱是个什么东西,也不知道它的美好和能够给人带来的愉悦和幸福感觉。

第二可怜的人是不会爱的人。他们知道爱是美好的,是值得追求的,但是他们没有爱的能力,不知怎样才能去爱一个人,去得到一个人的爱。原因可能是灵魂缺少营养。出于生长环境和自身修养的原因,他们的灵魂干瘪、迟钝,对美好的事物缺乏感知能力和渴望。在他们眼中,世界是窄窄的一条通道,一切都可遇而不可求,自己只能在人生道路上踯躅独行，郁郁而终，终生无缘于爱的欢乐和美好。

稍好些的人知道爱的美好，也向往爱，但是找不到那个能激发他的激情的人。因为世上的人虽如恒河沙数，但是值得爱的人并不多。不是长相丑陋，就是呆头呆脑。即使长相不出众，只是平平常常（多数人都属于这一档次），也要有点儿能激发人的激情之爱的素质，比如性格可爱啊，聪明幽默啊，才华出众啊。可是有很多人就是如此不幸运，他终身遇不上这样的人，也就无缘享受爱的美好。

比较幸运的人既懂得爱，渴望爱，也遇到了可以激发他的激情的人，只可惜，他/她爱上了她/他，他/她却不爱她/他，于是这个人陷入了单恋的尴尬境地。单恋是非常痛苦的，这一点毋庸置疑，但是比起没有爱的生活，它还是快乐的。对一个人发生了激情之爱但是得不到对方的爱，尽管无比尴尬，羞辱备尝，但却是一个喜忧参半、苦中有甜的状况。喜和甜全部来自浪漫激情之爱本身的美好感觉。即使没有得到回应，还是可以沉浸在对对方爱恋的感觉之中。有时，由于爱恋的对象可望而不可即，反而使爱本身更加充满激情，更显诗情画意。

最幸运的人当然是既爱上一个人又得到了这个人的爱。由于如许的美好发生的概率并不太大，所以被所有的文学艺术一再讴歌，不但成为人们艳羡的对象，而且成为文学艺术永恒的主题。

故意陷入爱情

在人的一生中,能够陷入爱情的机会不多,因为爱情并不像秋天的落叶,俯拾即是,它像冷热带交界处的落雪,偶尔才会出现。

当爱情降临的时候,除了少数情况,大都只是一个人的感觉,而不是双方的感觉,即使这爱后来得到了对方的回应,它还是可以分出先来后到的。所以爱情的发展不外两种状况:一种得到了回应,一种得不到回应。前者就是一场圆满的爱情,后者就是单恋。有的爱情能够得到强烈的回应(比如王小波就把我对他爱情的回应称为"山呼海啸的响应");有的爱情能够得到勉勉强强的回应;有的爱情干脆就得不到回应。

我相信,在这个世界上每天发生的无数次爱情当中,多数都得不到回应,只有少数能够得到回应。当然有很多世俗的原因,家庭背景啦,教育背景啦,容貌身材啦,年龄性别啦。更主要的原因还是两人性情和灵魂的投契程度。人们所说的"缘分",当然也包括那些世俗的因素,但是更主要的还是那种只可意会不可言传的心灵感应。

既然多数爱情都不会得到回应，人还要不要让自己陷入爱情呢？我的看法是，人可以故意让自己陷入爱情，即使是明知不可能得到回应的爱情。为什么这样说？仅仅因为爱情本身的美好。当人陷入爱情时，就像喝醉了酒，处于微醺状态，心境纯粹、愉悦、陶醉，这是一种非常幸福、非常快乐、非常优雅的状态，就像你看到一朵美丽的花朵，你欣赏它，你迷醉于它的美丽，你爱上了它。虽然花朵不会回应你的爱，但是你仍然获得了为它的美所陶醉、所痴迷的愉悦感觉。人们总以为单恋是苦多于甜的，其实并非如此，因为对方最多只是不回应、无法回应而已，并不会厌恶你对他的爱恋，只会透过你的爱更加意识到自己的美丽和魅力，就像一朵花不会厌恶别人对它的欣赏一样。如果你爱的对象对你真的厌恶，那只能说明他并不如你想象的那么美好，他觉得自己并没有那么美好，是不值得别人这样来爱他的。如果是这样，就应当放弃你的爱，因为他的确是不值得你爱的。

尼采曾长篇累牍地论述日神和酒神，日神就是理性，酒神就是非理性，故意让自己陷入爱情，无论是否能够得到回应，这种行动就是对酒神的祭拜，让自己陶醉在一种强烈的非理性的情绪之中。就像饮酒放歌一样，这也是一件值得去做的事情。

小爱与大爱

尼采在某处将自己的著作比作一个深潭，人们只要把桶放下去，打捞起来的就是黄金和珍宝。他这个比喻并不夸张，还真是这么回事。

比如尼采说，以大爱而爱，以大蔑视而爱。

大爱就不是小爱。它与小爱的区别当是宏观与微观之别。爱一个具体的人是小爱，爱抽象的人类是大爱；爱一个单个的人是小爱，爱一个群体的人是大爱，比如爱一个社会，爱一个国家。此外，爱的对象也许不是人，而是某种事物，比如爱生命，爱世界。尼采虽然赞赏叔本华，但是并不完全赞成他的思想，例如，叔本华是悲观主义的，尼采却是乐观主义的。尼采爱人生，不喜欢"一切皆空"的说法，指其太过消极悲观。

大蔑视更是一种大气魄。如果人从宏观的角度看世界，看世事，看人群，看人生，则不能不蔑视，因为它们全都如此渺小，无足轻重。我理解，这种蔑视并不是看不起，并不是轻蔑，而是一种悲悯。悲悯人类生活得可怜、猥琐、压抑，不自由，不超脱。仅仅是活在必然的状态，无法进入自由的境界。说到底，大多数人只是活在必然之中，从出生到死亡，只是像陀螺一样，被一种无形的力量拨一拨，动一动，从来没有享受过自由的存在，精神的飞翔。

尼采的大爱之爱、大蔑视之爱，才是值得追求的人生高境界。

一般来说，每个人的情感和关注只能给予身边的少数人、熟人。能把情感和关注给予很多人和陌生人的是理想主义者，是比较高尚的人。一般人只有小爱，理想主义者的爱是大爱。

特蕾莎修女的爱是大爱，她终身从事慈善事业，帮助那些穷人，那些处于困境中的人。

雷锋的爱是大爱，他给陌生的灾民寄钱，帮助他们。虽然他寄的钱比起李嘉诚、邵逸夫寄的在绝对数目上差得远，但是相对于自己财产的比例却比后者大得多。从大爱的角度看，跟后者是一样的。

袁隆平的爱是大爱，他花费自己的生命，培育出高产的稻子，为许多陌生人果腹，使他们的生活质量提高。

曼德拉的爱是大爱，他宽恕了那些折磨过、迫害过他的人，他的爱是那么广博，甚至包括了他曾经的敌人。他的爱弥合了整个社会人与人之间的隔阂。

秋瑾的爱是大爱，她为了中国妇女的解放，为了中华民族的进步，在风雨如晦的日子献出年轻的生命。

……

有的人心怀天下，关注宇宙苍生；有的人心胸狭窄，只顾身边琐事。前者比后者快乐，因为不会被身边琐事烦扰；前者比后者浪漫，因为后者只有现实主义；前者比后者高尚，因为他们有理想主义。

灵魂朋友

灵魂朋友是人世间仅次于爱侣关系，是最高规格的人际关系。它有时甚至比爱侣关系更有趣，更纯粹。因其超越肉体，超凡脱俗。

人世间有无数种关系，择其要是三种：亲情、爱情和友情。从浓度和密度看，最浓最密的关系当然是爱侣关系。他们之间必须是发生了激情之爱的，一日不见如隔三秋的。他们之间有情有性，甚至有孩子。这是最为美好的人际关系，文学艺术的永恒主题。尽管与亲情、友情相比，爱情稳操胜券，但是灵魂朋友的关系与之能有一拼。灵魂朋友是无法在现实中实现的爱情，或者因为身体条件(性别、年龄、美丑妍媸，等等)，或者因为空间距离，或者因为社会习俗。但是也正因如此，灵魂朋友的关系更加超凡脱俗，不拘一格，因而更加纯粹。它是一个奇异的现象：两个灵魂除了精神的吸引和互动之外，什么也没有，确实是人间的奇葩。

灵魂朋友的关系除了纯粹之外，还可以是格外有趣的，因为灵魂是无形状的，它可以浓如浓汤，也可以淡若清水；它可以烈如霹雳，也可以柔若清风；它可以甜如蜂蜜，也可以苦若黄连；它可以硬如岩石，也可以软若泥土；它可以强悍如参天巨树，也可以柔弱如风中小草。一切都在未知之中，一切都不可预测。谁能知道灵魂的形状呢？谁又能知道灵魂有多强，有多深，有多美呢？

如果有幸遇到灵魂朋友，真是一生幸事。灵魂朋友是不可以用世俗的、物质的、肉身的标准度量的，他们交流的深刻程度是无与伦比的，是不会被轻易破坏的，也是不会轻易中断的，它的深刻程度超越了世俗的爱情和友情。爱情是很容易过去的，所以爱情关系是最脆弱的；友情如果是物质上的，也容易因为生命轨迹交集的变化而丧失；就连亲情也会变得淡薄寻常，没滋没味。

与某人做个灵魂朋友因此成为世间罕见的游戏，这个游戏只有最强烈、最纯粹的灵魂才会玩，才能经历其中的甜蜜与痛苦、狂喜与折磨。唯愿与灵魂朋友沉溺于这一高级游戏之中，沉溺终身。

人间三情之比较

人生在世有七情六欲，择其要是三情：亲情、友情和爱情。最自然、最舒服的是亲情，最随意、最自由的是友情，最强烈、最折磨人的是爱情。

亲情与生俱来，从摇篮中孕育，所以是最自然不过的人类情感。亲子关系，兄弟姐妹关系，源自血缘，感觉最舒服。俗语说，打虎亲兄弟，上阵父子兵，就是强调亲情无间。

友情后天选择，喜则有，厌则无，随心所欲，自由自在。知我者二三子，真正交心的朋友不会太多，大家在一起只是因为相互喜欢，投契，知音，交往中往往也只表现出正面的情绪，相互投契的品性。

爱情是激情，比亲情和友情要强烈许多，但是也正因为其强烈，它对对象的要求最多，要求回应，要求回报，要求付出，一旦要求受挫或者哪怕仅仅是强烈程度的不同，一深一浅，一强一弱，一浓一淡，就会造成大量的折磨和痛苦。所以爱情是一把双刃剑，它付出得最多，也收获得最多，它造成最大的快乐，也造成最大的痛苦。

为了平静舒适地度日，最佳选择是只生活在亲情和友情之间，偶尔涉入爱情，只是让生活增加点儿滋味。即使是最浪漫的纯美的爱情，在两人长相厮守之后，也会转变为亲情和友情，就是这个道理。

人生之癌

感到无聊是人生之癌。当人的各种基本需求尚未满足时，人会孜孜矻矻，愁肠百结；而当需求既得满足，就会陷入无聊状态，就像得了癌，只想混吃等死。

克服无聊在某种意义上说是带癌生存。一方面已经病入膏肓，时时会有无聊感袭来；一方面却苦中作乐，努力去追寻生命之欢欣。一旦无聊的感觉占了上风，那就是癌症失控，人的生命就彻底毁掉了。所以，明知得了不治之症，仍旧苦中作乐，才能使自己的生命从一片晦暗走向阳光，才能从痛苦走向快乐。

遍寻世间万物，能缓解无聊这人生之癌的解药唯有美与爱。

美有欣赏美和创造美两个子项。你看所有的艺术家都是活得最兴致勃勃的，他们写诗、写小说、画画、作曲、雕塑、摄影、拍电影、排话剧，他们在无尽的努力中追逐着美，发掘着美，创造着美。就像王小波在很年轻的时候就跃跃欲试地说："我要试着创造一点点美出来。"他们会觉得无聊吗？他们会罹患无聊这个生命之癌吗？他们用打发时间吗？他们恨不能把一分钟掰成八瓣呢。

只可惜，艺术才能不是人人都有的，没有的人怎么办？那就只有欣赏美了，这个其实不难，只要有欣赏美的意愿，再有一点点审美的敏感就行了。自然之美、艺术之美俯拾皆是，只要拿眼去看，拿耳去听，拿心去体会就行了。只要你感到了被感动，被打动，心弦被拨动，就成功了。

爱也有两个子项：一项是具体的，一项是抽象的。

具体的爱是去爱上一个具体的人，也就是陷入浪漫之爱。虽然世间可以陷入浪漫爱情的概率不高，但是，一个有心人比一个无心人陷入爱情的概率显然会高一些。如果心中常存向往，那么发生浪漫爱情或者遇到浪漫爱情的概率会高很多。在爱发生时，人处于一种激情状态，那可是无聊最好的解药啊！

抽象的爱是去抽象地爱一个人或者去爱上一个抽象的对象。前者虽然被爱的对象是一个具体的人，但是也许由于种种世俗的原因，无法在现实中实现具体的恋情，那么只能用一种抽象的方式去爱他了，也就是柏拉图式的精神之恋。后者是去爱上一个抽象的对象，比如爱人类，爱世界，爱花草树木，爱蓝天白云。如果能够常常沉浸在这种抽象的爱当中，也不会感到无聊了。

所以说，对美与爱的追求是战胜无聊这个人生之癌的良方。

论激情

常常会感觉到生活之平淡。无论是否产生过激情,人的生活不可能常常处于激情之中,总是在激情之后归于平淡,或者干脆就是自始至终平平淡淡。

人生中最典型的激情来自性的欲望,在二十岁时,人的性欲达到巅峰期,尤其是男性,从身体中产生一种难以抑制的性欲,需要找到宣泄的渠道。多数人的性欲指向异性,所以会产生男女之间的结合冲动,这一冲动主要表现为肉欲,即对对方身体的欲望。

人的这一激情状态实属自然,虽然有强弱之分,但是几乎人人会有,不需要特别地培育和修炼。这种激情能够强烈到致病或升华的程度,二者是性欲寻求宣泄的不同路径所致:在性欲冲动得不到实现或被强力压制的时候,误入歧途,成为心理疾病,弗洛伊德的整套心理分析理论全都建立在对误入歧途的性欲的分析的基础之上;另一种情况下,得不到宣泄的性欲得以升华,在精神领域得到释放,创造出伟大的文学艺术作品。按照弗洛伊德的理论,所有成功的艺术家都是性欲冲动强烈、在原欲受阻的情况下最终得以升华的人。

这一分析绝对是褒义，毫无贬义。

相比之下，指向他人的精神上的激情似乎就不那么自然了，这种激情包括爱情和友情，是精神上的交流、宣泄冲动造成的。在性欲少见的情况下，一个人对另一个人产生了精神投契的感觉，这一感觉的来源不像性欲那么明确，而且伴以幻象，即自己幻想中所喜欢的品质和特征。性欲的对象有容貌、身材这类具体的表征，可以看得见摸得着，而精神喜爱的对象却没有此类具体表征可寻，只有由思想、话语和感觉稍稍泄露出来的抽象特征，甚至是只可意会不可言传的。因此从发生概率上来说，爱情和友情一类的激情的发生率比性欲激情的发生率要低很多。

更加罕见的一种激情是创造的激情，它的来源比起精神交往冲动的来源更为神秘莫测，我怀疑它来自生命力的深处，是生命之泉的一种不安的宣泄和喷射冲动。绝大多数人根本与此无缘，终身不知它为何物，也感觉不到这种冲动和激情。它究竟来自哪里？谁才能拥有这种激情？真是无迹可寻。有种公认的说法：童年的不愉快造就小说家，或许为答案提供了一条线索。童年的折磨，无论是社会的不公，还是生活的困窘，正好碰到一个敏感的孩子，使他感觉到超出常人的痛苦和折磨，就此种下了强烈的欲望和激情的种子，使得他终身不得安宁，如果他偏巧有艺术天赋，就会成为激情澎湃的文学家、画家和音乐家。莫言是一个例子，他儿时困窘的生存环境为他提供了写小说的激情；王小波是另一个例子，童年时期他父亲的落难和世态炎凉也可以部分地解释他写小说的冲动。而此类激情应当是比肉体和精神交往的激情更为罕见的一种激情，是人类精神的瑰宝。

谁可以拥有激情，可以拥有哪一类的激情，可以拥有多么强烈的激情，这在很大程度上都是无法预知和人为培养的，而且也并不是激情越多越好。没有激情的生活比较平淡，但却平静，有激情的生活比较浓烈但却不安。前者会有一个比较寡淡但是波澜不惊的人生，后者会拥有一个比较浓烈但是波澜起伏的人生。说到底，每个人会拥有什么样的人生也许是没有选择的，至少是有很多先赋因素的。如果没有激情，就平静度日；如果拥有激情，就尽情表达，让它自由奔放、酣畅淋漓地宣泄出来。处理得好，二者都可以拥有幸福快乐的人生。

激情是人生中最宝贵的

激情是人生中最宝贵的。无论是对事的激情，还是对人的激情，都是极为罕见的，因此是极其珍贵的。在茫茫人海中，在一个人的漫漫人生中，它都属于凤毛麟角。

对事情的激情既有先赋成分，也有后天修养的成分。例如，作家的写作激情就既有先赋成分，其中包括身体条件和心灵状态，也有后天成分，其中包括生长环境和后天摄入的养分。能够有写作激情的人只是万里挑一，这个万里挑一还只是象征的说法，而不是统计意义上的。

对人产生的激情也并不常见。人们平常所见到的嫉妒、寻死觅活，并不一定是真正的激情，只不过是小心眼儿而已。真正的激情虽然有肉欲的基础，但是更多是一种精神现象，是心灵的眷恋，是自由奔放的，是无所忌讳的，超越了所有世俗的规定，比如相貌、年龄、阶级甚至性别，是目空一切的，是所向披靡的。

激情常常是无缘无故的，非理性的。如果仅仅为了功利的目的，那不是激情，只是努力去达到精心策划的目标而已。激情往往发生在最不可思议的状态之中,昏头昏脑,没有理性可言。如果是冷静的、明智的、清醒的,那就不是激情。正因为如此,爱情往往发生在用世俗标准看最不般配的人之间。它就是非理性的典型事例,甚至就是它的定义,二者是可以循环论证的。非理性是爱情的必要条件,当然,还不能说是它的充分条件。

用一般的标准来看,激情是存在的上佳状态;用苛刻的标准来看,它是存在的唯一状态。由于激情的罕见,人在激情状态中,不仅极度愉悦,而且创造力丰沛,看徐志摩的诗,大都是在他恋爱时写的。用萨特提出的存在的标准,只有激情状态才是真正存在了,其他情况下,人并未真正存在。萨特的原话是这样说的:"在不存在和这种浑身充满快感的存在之间,是没有中立的。如果我们存在,就必须存在到这样的程度。"

要激情还是要平静

在世上要做成一件事,没有激情是不行的,大到江山社稷,中到个人事业和爱情,小到打麻将赢钱,无一例外。没有激情就不会得江山,不会事业成功,不会陷入恋爱,不会赢钱。所以,越有激情的人越容易成功,越容易有成就;越激情的人生命越激越,越精彩纷呈,越苦乐交集,越生机勃勃。

然而,所有的宗教修行和世俗修炼都强调要摒弃激情,要向着心情平静的境界努力,最终目标是达到心如止水,波澜不惊,甚至水面泛起一点儿涟漪都算没有修行到家。

人到底应当要激情还是要平静?该如何解决这对矛盾呢?

古罗马智者皇帝奥勒留是贬低激情的,他认为,激情是平静的对立物,如果人总是陷在激情里面,就不可能有平静的心情。他总是在讲古人和身边的熟人一个个最终归于寂灭,所有的激情也是一样的。因此,能够获得宁静是至关重要的。宁静是幸福的基础。

奥勒留的观点是有道理的,是深刻的。凡是想透了生命价值这件事的人最终都会想明白,生命是无意义的,就像大自然中的所有动物、植物、有机物、无机物一样，它的存在仅仅就是存在而已，对于宇宙并无意义。因此，所有的激情都带着一点点可笑的成分，比如说爱得死去活来在当事人看是没有办法的事，在旁人看就像歇斯底里。爱是激情中的激情，所以是激情最经典的表现方式。对其他事情人也会产生激情，但是都比不上陷入爱情。而我们如果跳出来从旁冷静观察一桩爱情，把它放在时间的长河中和浩瀚的宇宙中，就会发觉其中的疯狂之处。它完全是理性的迷失，是一种微醺的醉酒状态。如果恋爱是成功的还好，如果是失败的，它对人是极大的折磨和困扰。因此可以说，激情是人生的困扰。应当在适当的时候放弃激情。

然而，从相反的角度看，激情虽然不是什么好得不得了的东西，甚至常常为我们带来困扰，而且在造物主眼中有点儿可笑，但是，它却是生命力的表现，一个比较强悍的生命会有比较多的激情，一个比较孱弱的生命激情就比较少。当然，不可以说生命力强就一定比生命力弱要好，这不是好坏的问题，而仅仅是一个客观事实而已。对于自己的生命力，我的意见是让它充分表达，充分实现。如果你有创造的激情就去写小说、去作曲、去画画、去做爱、去创造新生命，不必刻意压制；如果你有追求一种关系的激情就去恋爱，去交朋友，也不必刻意压制。所以对待激情应当就像对待自己的生命力，有什么冲动就去做什么，冲动到什么程度就做到什么程度，既不强求，逼着自己去做什么；也不压抑，逼着自己不去做什么。这样的结果就应当是最好的，最合理的。

在我们秉持着内心的激情去生活、去做事的时候，只要不时想一下在做的事情是不是自己发自内心的冲动、能否为自己带来快乐和满足的感觉就可以了。如果答案是否定的，就不去做。而且要预先想到，早晚有一天这种内心的冲动会离去，会消失，到那时候，我们的生命也就即将离去，将走上不归路，将在浩瀚的宇宙中化为无形。在内心的激情自然消失之时，我们也自然到达了人生的最高境界，即平静和安宁的境界，而最终的平静和安宁境界就是涅槃。

一

高估

弗洛伊德多次讲到，爱情是对对方的高估。中国更有古谚云：情人眼里出西施，就是这个意思。凡是能出现在古谚中的，必是千百万人的实践经验。

当激情发生时，看对方一切都好，美不胜收，其实在他人眼中，他不过是个普通人而已，并没有什么太特殊的。最令人百思不得其解的是，即使心里明白这个道理，激情仍在，高估仍在。既像是故意为之，又像是身不由己。

人沉溺在激情当中，身轻如燕，腾云驾雾，懵懵懂懂，甜甜蜜蜜。有时候虽然只是一厢情愿，那感觉也并不逊色。恐怕贪恋这种感觉，就是人愿意陷入激情的原因。

高估也好，低估也罢，那人只是活泼泼的一个存在，他哭，他笑，他悲，他喜，他说话，他做事。你在旁观看，带着欣赏的心情，喜不自胜。有时候，看到他的缺点，只觉得稍稍有些遗憾，并不妨碍对他的美好感觉，有时拿他的缺点跟他调侃一下，他也未必不知道那是自己的缺点，只是不愿意改正，或者没办法改正，只好由他去。

缺点使他显得更真实，更具体，而不那么虚幻，不那么抽象。人无完人嘛，只有虚幻中人才是完美的。

在那些无法实现的激情当中，人只是自得其乐，像享受一本书、一个电影、一个故事那样，享受一个现实的关系，这关系完全无法归类，它既非亲情，亦非友情，甚至算不上爱情，只是人的一种感觉而已，只是人心灵的一道闪电，只是人脑波的一段波动。它既可以随时消失，也可以永存，只在人的一念之间。

激情之爱的稀少

近读罗素《论罗曼蒂克》，他说："罗曼蒂克爱情的精髓在于：视被爱的对象为宝贵知己而自己又难于占有……因为这些障碍，爱生出诗情画意柏拉图式的感情，维持了爱情的美感……高尚纯洁的欢乐只能存在于没有掺杂任何性因素的、专心致志的默祷之中。"这种柏拉图式的爱情，与中世纪浪漫的骑士之爱有异曲同工之妙。当时欧洲贵族家庭实行长子继承权，那些没有继承权的幼子骑着马浪迹天涯。他们来到一个城堡，爱上那些已婚的贵妇，可望而不可即，于是陷入浪漫爱情。如果有了在现实中占有贵妇的可能性，反而会失去这般诗情画意。

罗素又说："在罗曼蒂克的爱情中，双方都通过一层绚丽的薄雾观察对方，因而想象并不完全真实。"这也是许多人表达过的一致看法，如普鲁斯特等。可是，不真实不是更好吗？只是一种精神的游戏不是更好吗？当事人可以享受爱的所有诗情画意，精神愉悦，而不必让琐碎的现实生活来玷污它，这不是更好吗？人生在世，如若能够享受到这种无与伦比的美好感觉，真是不虚此生了。在一种类似中世纪骑士之爱的当代人生际遇之中,人们之间仍旧能够发生类似的柏拉图式的爱情,其美好与魅力和中世纪浪漫骑士之爱相比,并不逊色。

当爱情发生时,人处于一种诗意盎然的心境之中,心浸泡在美好愉悦的感觉之中。当这份爱情得到回应之时,人真的能够感觉到天变得更蓝,草变得更绿,花变得更加明艳起来。这几乎不再是一种心理的感觉,而是生理的感觉。这感觉给人带来的愉悦真是无与伦比。而当这份爱情得不到回应时,泪水时时在心中汹涌,像山洪暴发时遇到堤坝,随时都会决口而去。但即使是得不到回应的爱,心中的苦涩与甜蜜也是一半一半的,或者干脆是搅拌在一起的,甜中有苦,苦中有甜。像烈酒,像蜂蜜,像黑咖啡,像浓茶,唯独不像白开水。而在有浓茶烈酒的时候,谁还愿意去喝白开水呢?这就是为什么人们宁愿陷入无望的单恋,忍受相思的折磨,细细品味其中的苦涩与甜蜜,也不愿过平淡无爱的生活,就像飞蛾投火一般。

可惜的是,在这个人世间,真正的激情之爱是那么稀少,它不会轻易发生,因为配得上得到激情之爱的人是那么稀少,他们必须是纯粹的,美好的,是一种充满诗意的存在。而即使是那些配得上激情之爱的人,还要等待那个能对他(她)产生激情的人。这两个人相遇的概率之小,简直相当于海底捞针。这就是激情之爱大多只出现于文学艺术作品中而很少在现实生活中发生的原因。

在这个意义上,我是一个幸运儿。我的一生中经历过数次这样的激情之爱,有的是我爱他,有的是他爱我,有的是我爱他,他也爱我。无论是哪一种爱,无论是否成功,我都经历了那种叫作激情之爱的心境,每一次都刻骨铭心,是我心灵史上回味无穷的浓茶烈酒，终身受用。

人在一生中很少有机会能够陷入激情，需要遇到能够引发激情的人，而此人可遇而不可求。一旦遇到，心花怒放。既因为其罕见，也因为这一遭遇为人所带来的快乐。

多数人终生不会有这样的遭遇，有的人为了等待这种遭遇，终身不婚，可竟然也没有等到，于是郁郁而终。一般所谓谈恋爱，并没有真正的激情发生，只不过是肉体的冲动和吸引而已，更不必说婚姻和家庭。所以激情的发生大多数只在文学艺术作品之中，而非现实生活之中。

激情并不一定会有结果，它只问耕耘不问收获，并不会斤斤计较收益，只是享受耕耘的过程，并且乐在其中。天有不测风云，收获可大可小，可有可无，只要享受过程，就可以心满意足了。所以它又是一种自足自在的情愫。所谓自足，是指它不需要对方的回应；所谓自在，是指它自身的圆满。

愿意遭遇激情，保持激情，终身沉湎于激情之中。自享自足，自得其乐。

论欲望

人的成功与否固然有机遇的因素，但更多还是取决于自身。而对于自身来说，才能之类的因素又比不上意志和欲望，你有什么样的欲望，就会成为什么样的人。你所拥有的就是你想要的。所以，马斯洛说，生命最高的需求是自我实现。

人一出生，周边的环境就是广义的机遇。有的人生在富贵之家，有的人生在贫街陋巷。有的人衣来伸手，饭来张口；有的人缺衣少食、捉襟见肘。有的人生存的环境美好精致，有的人挣扎在粗粝艰辛的深渊。有的人周边全是关爱和温暖，有的人小小年纪就要体验冷漠和残酷。

一般来说，机遇较好的人成功率较高，但是也不尽然，有太多例外。有很多成功人士出身贫寒，机遇比一般人还不如。而艰辛的环境有时反而激发了他们改变命运的欲望，这欲望强烈到使这些人变得出类拔萃，比如杰克·伦敦，比如莫言，比如王小波，儿时粗粝的生存环境反而成就了他们的文学事业。许多巨富也是从一文不名做起来的，就是因为有那个心劲儿，有远远超过常人的欲望（desire）

或意志（will）。

　　有个初看匪夷所思的判断：就连才能都部分源自欲望。才能这个东西虽然有很多先天的成分，就像美丑智愚，但是我相信，还有很大的一个比重来自欲望。当人对某事欲望强烈时，就会把许多心思和精力放在这事上面，于是这方面的才能就会积聚成形。人的兴奋点在哪里，他生命的重心就在哪里，他就会拥有哪方面的才能。兴奋点在美味，生命的重心就在吃，就会去琢磨与美味有关的一切，就会去学烹饪的技能，也许就会成为一位优秀的厨师，或者是专业美食鉴赏家。兴奋点在美色，生命的重心就在性，就会去琢磨和追求与美有关的一切，去欣赏美，享用美，在欲望受挫时，还有可能升华至文学艺术创作，成为艺术家和文学家。兴奋点在爱，生命的重心就在情感生活，就会去琢磨和追求与爱有关的一切，成为一位伟大的情人，拥有美好的情感生活，终生浸淫在亲情、友情和爱情之中，或者成为特蕾莎修女那样伟大的慈善家，而她的爱已经是博爱。

　　人的欲望越强烈，成功的概率就越大，生命就越精彩。欲望低下，生命就平淡，无精打采，味同嚼蜡；欲望强烈，生命就激烈，兴致勃勃，兴高采烈。欲望这个东西，感觉上先天的成分很重，当然，后天的培养和追求也会有些作用，但是人生命的底色是不会改变的，是浓墨重彩，还是轻描淡写，是浓烈的史诗画，还是清淡的山水画，那基调是终生不会改变的。

欲望是双刃剑

对于欲望，我的心情极为矛盾。欲望是一柄双刃剑，既给人带来痛苦，又给人带来快乐，所以，我不知该拿它怎么办。

如果人真的没有了欲望，那他离死就不远了，人毕竟不是长寿龟，真能一动不动地待在水边，几十年如一日，全无欲望，全无行动，全无意念。如果人还有欲望，那就无法摆脱大悲大喜——欲望得不到满足就会痛苦，欲望得到满足就会快乐。有时，我希望自己能修炼到欲望全无、心如止水的地步，抛弃所有的激情，得到内心的宁静；有时，我又想让自己的欲望自由奔放，尽情地一一去满足它们，得到内心的快乐。我究竟该如何选择呢？

所有生命力旺盛的人都表现为欲望强烈，就像多数文学家、艺术家都是性欲超常的人，这一点尼采早就论述过，他原话是这样说的："艺术家如果要有所作为的话，就一定要在秉性和肉体方面强健，要精力过剩，像野兽一般，充满情欲。"他还说："艺术家按其本性来说恐怕难免是好色之徒。"性欲是生命动力，是艺术创作的动力，因此它成为最富于生产力的源泉，它是创作冲动的来源。这一点我们从毕加索的画、齐白石的画、王小波的小说、冯唐的小说中，都能看出来。

性欲是人类欲望中最典型的一类，除此之外，人的欲望还有很多种，例如食欲、领袖欲、爱欲、交友欲，等等。人的品性和特征千差万别、千姿百态，但是如果高度概括地划分，可以分为两类：一类欲望强烈，浓墨重彩，像水墨画中的大写意（说起大写意，齐白石就是这类人）；另一类欲望淡薄，轻描淡写，像工笔画，心不静就根本别想画出来。我扪心自问，自己是前一类人，欲望强烈，渴望浓墨重彩的生活，所以我才会投身性研究，才会写小说，才会在中国画中偏爱大写意，才能为爱一个人弄得自己颠三倒四，如醉如痴。

在如何对待欲望的问题上，我现在想，还是顺其自然吧，有欲望，就让它自由地喷发，自由地宣泄。虽然我可能修炼不到心如止水的境界，但是我宁愿去过一种大悲大喜、跌宕起伏的生活。就让我的生命变成浓茶烈酒吧，因为如果它原本就不是白开水，那我怎么修炼也是无法成功的。

理性与非理性

人性在理性与非理性之间徘徊，灵魂在理性与非理性之间挣扎。

当心在理性之中时，头脑清明，条分缕析，对于事情的原因、结果、好处、坏处全都了然于胸。不做傻事，不做疯事，不做做不到的事，不做没好处的事。即使做了开头也能戛然而止，悬崖勒马。即使像阮籍那样走到没路处，也还能知道大哭而返。理性的好处是按照最合理的途径做好一件事，在出现差错时能够及时纠正，保护自身，使得伤害最小化，利益最大化。

而当心陷入非理性之中时，上述的一切都会失效。把事情的原因、结果、好处、坏处在头脑中搅成一团，专做傻事、疯事，专做做不到的事，专做没好处的事。即使明知不可行还是一意孤行，八匹马也拉不回来。常常伤及自身，使得伤害最大化，利益最小化。

问题在于，人并不是总能保持理性的，而是会不时陷入非理性状态。这件事引起了福柯的兴趣，他专门研究了人的非理性状况，称之为"谵妄"。非理性状态的发生机制神秘莫测，很可能是科学无法解释的一种心理现象。福柯小时候居住的街区阁楼上有一个疯女人，引起了少年福柯的好奇，这段经历据传记作者推测，跟他后来研究精神病现象不无关系，他甚至在精神病院工作过一段时间，写了一部关于癫狂的专著。

一般人的非理性到不了疯癫的程度，比如恋爱就是典型的非理性表现。如果理智清醒，人就不会陷入恋爱。在恋爱发生时，理性失控，非理性大行其道，整个人处于微醺状态，如醉如痴。这种状态对自身有很大的杀伤力，如果一切顺利还好，一旦受挫，会对当事人造成重大伤害。因此可以这样说，当非理性得到期望的结果时，还不失为一件美好的事情，一旦碰壁就应当决然放弃，避免灾难性后果。这样做当然很难，因为非理性本身就已属失控状态，如果还是可控的，就还有理性残存。但是，即使如此，能够早放弃就早解脱，晚放弃就晚解脱。如果不想继续受折磨，只能毅然放弃。但凡人还有能力这样做的，就一定要这样做，这是摆脱非理性的唯一办法。

对于人性中理性和非理性的成分，我并不主张仅仅肯定前者，完全否定后者。理性固然好，能使人的生活井井有条，但是如果人一生没有过非理性的经历，未免也太乏味了，因为当人处于非理性状态时，才能真正体验到什么叫快乐。狂喜就是一个很贴切的词语，所谓狂，不就是非理性吗？人的一生如果没有体验过狂喜难道不遗憾吗？

心如止水，心如沸水

人是矛盾体。一方面总想超凡脱俗，心如止水；另一方面又无法摆脱对尘世的眷恋，心如沸水。我的生活就总是在这两点之间摇摆不定。

人生在世，常常要面对和最终要面对的就是这两件事，一是生，一是死。心如沸水就是生，心如止水就是死。随着年岁渐长，各类欲望都在下降，心中越来越静，就快到了心如止水的境界。心中不再有对名利的追求，不再有跟其他人的竞争之心、攀比之心、妒忌之心，不再焦虑工作、事业、成就、声望，甚至不再关注自己的身材、容貌、头发、性欲，剩下的只是一片恬静、甘甜，就像舒适的、酣畅淋漓的沉睡，整个人变得像初生的婴儿，心中没有任何焦虑和波澜。这种境界已经接近死亡，死亡在我心中并不可怕，并不凄惨，它就像每夜的沉睡，区别只是在于它是无梦的沉睡，而且不再随每日的晨光醒来而已。

但是，值得庆幸的是，在这个年龄，我还有激情，我的生命力还像沸腾的水，翻着泡泡，喷着水花，发出欢快的"噗噗"声。我每天晚间早早睡下，清晨五点会自然醒来，在温暖柔软的床上稍稍赖一会儿床，然后起身打开电脑。查看邮件，给好朋友发信，道个早安。我已养成每天上午写篇千字文的习惯，多数是人生感悟，少数是给杂志撰写专栏。下午读书，晚上看碟。就这样度过忙碌、充实而又从容的一天。天天如此，月月如此，年年如此，直到生命的终结。

我对生命哲学有着永不厌倦的激情，总是有很多感悟，喜欢克里希那穆提，喜欢奥勒留，喜欢叔本华，有着与他们的强烈共鸣；我对美好的文学艺术有着永不厌倦的激情，觉得世上竟有如此美好的东西，而且是无边无际永远享用不尽的，每次打开一本书、放上一张碟，总是按捺不住喜悦的心情；我对朋友有着永不厌倦的激情，时时感到在人世中能够与这样美好的灵魂相遇，实在令人陶醉；我对创造美有着永不厌倦的激情，写几句诗，写几篇散文、小说，常常感到能够在尘世与如此超凡脱俗的美邂逅，实在是幸运。

我愿就这样来面对生与死。在心如止水和心如沸水中循环往复，度过美好的一生。

人间采蜜

什么是哲学

中国古谚云："人无远虑，必有近忧。"意在鼓励人多往远处想事，不要斤斤计较眼前之事。扩而广之，我想说："人无大虑，必有小忧。"如果人心中所思尽是大事，他会比较快乐，比较超脱，比较伟大；如果人心中所思尽皆小事，他会比较痛苦，比较俗气，比较卑微。

我认识一位很杰出的女性，她的家庭婚姻生活不快乐，夫妻感情不好，由于智商高，情商低，在工作单位也搞不好关系，其能力和价值总是被大大低估。如果她整日沉浸在这些眼前的琐事当中，她会度日如年。但是她的心情常常很好，生活内容也很丰富。原因何在？原来她心中常常关注的总是地球生态、环境保护之类的事情，南京的百年梧桐被毁，她伤心动肝；黄河断流，她痛心疾首。由于她的心思总在这些关系国计民生的大事情上，眼前的痛苦被冲淡，相比之下显得无足轻重。于是，她心态很好，生活也很充实。从她的个案，我联想到，一个人的生活基调是快乐的还是痛苦的，在很大程度上取决于所思所想是大是小，二者完全是正相关关系：想得越大越远就越快乐，想得越小越近就越痛苦。

这也正是哲学,尤其是生命哲学的作用,因为与国计民生问题相比,哲学所关注的问题更大更远。有位学者写了本书,叫作《哲学的慰藉》,他认为哲学具有抚慰人心的作用,当人遇到世间的艰难、困苦、疑惑时,应当到哲学中去寻找慰藉。

说到哲学,我想起在美国留学时的一件往事。那年过感恩节,我们这些穷留学生手里没钱,却想旅游,就报名参加了一个教徒献爱心的活动——一些虔诚的基督教徒自愿在感恩节时在家中招待陌生人。就这样,我、小波和他哥哥小平三人在佛罗里达州的萨拉索塔,住进了一位教徒的家。记得那是一个很朴实、很温馨的大家庭。父亲是一位开塔吊的司机,母亲是家庭主妇,有一大堆孩子。过感恩节,每个人都得到一份礼物,就连我们几个也不例外。记得我得到的礼物是一件很厚实的套头衫,上书"sarasota"(索拉索塔),竟然很合身,令我非常感动,觉得主人真是太朴实、太厚道了。有一天早上吃早饭时,我们聊了起来,男主人是个很朴实、很普通的美国人,身体壮实,面相和善。他挨个问我们在大学学的是什么专业,我说社会学,他没说什么。轮到小波哥哥小平,他说:哲学。接下来,男主人的一个问句让我们全体陷入目瞪口呆、面面相觑的尴尬境地,他问的是:什么是哲学?我们万万没有想到,竟会有一个成年人不知道什么是哲学,就像从来没接触过这个词似的。事后细想,许多人的确从来不知道哲学是什么,在他们的日常生活中,也完全不涉及哲学。

然而,对于一个活得清醒自觉的人来说,生活中是不可以没有哲学的。哲学能够为我们提供关于宇宙(物质世界)和人生(精神世界)的思考,帮我们走出心灵困境和眼前的不快,重新获得开朗的心境和快乐平静的人生。

芝麻人生

人生在世，短短几十年，几乎还什么都没整明白，就已步入老年。我属于比较爱想人生意义这类事情的人，从小就爱想，几十年间一直没断，即使这么想来想去，也还是想不清楚。可是岁月并没有因为我还没把这件事想明白就等着我，就连流逝的速度都未稍减，该多快还是多快地向终点狂奔。

意义，意义。想了一辈子，还是没有想出什么意义。在浩渺的宇宙当中，这么一个小小地球，就像一笸箩芝麻当中的一粒芝麻；在茫茫人海当中，这么一个小小的人，就像一笸箩芝麻当中的一粒芝麻。我的人生能有什么意义呢？即使是那些富可敌国的大富豪，那些万人瞩目的明星，也不过是在这样一个芝麻星球上的一个芝麻人儿，能有个啥意义呢？

这样想了之后，你不可能不变得冷静，甚至万念俱灰。人生会显得无比渺小、黯淡、冰冷、寂寞，无足轻重，可有可无。所有的事情，都不值得追求；所有的情绪、情愫、情感，都没有必要。那么为什么还要活着呢？既然死是所有人的归宿，为什么还要活呢？

不为什么，什么也不为。活着只是人的一种状态，就像一条鱼，一棵树，一只甲壳虫。我们来到人世，我们消耗掉一些物质，改变周边的一些物质，然后离开人世。说起改变周边物质，想起刘亮程用第一人称写的农村生活："我"扛把铁锹，在地里挖了一个坑，然后仰天长叹：这就是我能改变的事物。

既然如此，我们该怎样面对这个芝麻人生呢？我唯一想明白的就是，要以比较舒适、快乐的状态度过自己的人生。虽然在造物主眼里，我只不过是一粒芝麻，但是这个渺小的生命对于我来说，却是我的全部，是我的整个世界。我的身体就是我的全部，我的感觉就是我的全部。所以，我的身体是否舒适，我的精神是否愉悦，这就是我存在的全部意义。据此，我发明了一种生命哲学，即采蜜哲学：我像一只蜜蜂，我的人生的全部内容只是采蜜。我在花丛中飞舞，只是为了偶尔采撷花中精华。这也就是海德格尔所谓"诗意地栖居"。无论是物质生活，还是精神生活，我只要那一点点精华，最美丽的，最舒适的，最富有诗意的，最适合我的。活着，就享受所有这些感觉；死去，就告别所有这些感觉，这就是我的生活的全部意义。

这种生存方式是否太自私了？是否会伤害他人？或者至少不会去帮助他人？并不是。因为伤害他人时，自己也不会有好的感觉；因为帮助他人时，如果是自己愿意的，自己也会有好的感觉。这就是车尔尼雪夫斯基在名著《怎么办？》中提出的"合理利己主义"，它与利他主义的区别在于，后者纯粹利他，而前者在利他的同时利己，是为了自己美好的感觉去利他的。

我不否认世界上有特蕾莎修女那样高尚的人，但是她是圣人，并非常人,绝大多数人都只是常人。大多数人做不成圣人,也不必做圣人。因此,我有信心:合理利己主义和我的采蜜哲学是适合常人的生命哲学。

采蜜哲学

从很早的时候开始，我就将自己的人生观概括为采蜜哲学：我愿自己的人生像蜜蜂入花丛，只采撷那一点点精华，然后就悄悄离去。

我心中的精华分三个论域：一是物质，二是关系，三是精神。

在物质领域，无非衣食住行，属于马斯洛需求五层次的最下两层，生存需求和安全需求。我穿衣只考虑保暖遮蔽功能，其他从不放在心上，有时为了出席公众场合，弄几件比较像样儿的也就行了，特别不能理解有些人弄很多包包，每天换一个，这样的虚荣到底有什么意思？吃东西也只考虑健康，不大在意美食，像慈禧太后那样每顿都要几十个菜，既夸张，也不一定健康。房子、车子当然要有，不过舒适就好，特不理解有人弄个皇宫似的大宅子，里面那许多住不过来的房间，是在干什么。

关系领域，包括友人、爱人、亲人，属于马斯洛需求层次的中间两层，归属需求和尊重需求。交友只交灵魂朋友，一日不见如隔三秋的那种人才值得交。爱人当然要有激情之爱，哪怕后来转变为亲情，如果一开始不是因为激情之爱，就没有必要交往。亲人虽然没得选,但是交往程度还是可以随心所欲的。原则是能够为自己带来快乐和欣喜,如果不能,也就没有必要维持。

在精神领域,那就是享用美和创造美。当属马斯洛的最高需求层次:自我实现。享用美是休息,创造美是劳作。人活着总得做点什么,从采蜜哲学来看,人生最值得做的就是这两件事。这就是生活中的精华,是小小蜜蜂最最陶醉于其中的两件事情:它采撷花心中的那一点点花粉,那就是享用美;它把花粉酿成蜂蜜,那就是创造美。

快乐哲学

福柯讲到快乐的稀少,难得。实际上是参透人生无意义之后还能找到一些快乐的机会的确十分稀少,那是在空无中所能到达的快乐境界,无论是对美和爱的发现与享用,机会都是十分罕见的。一个典型的例子:激情之爱在世间的发生概率就非常之低,一旦碰上,就像中了大奖一样。

以快乐为人生目标似乎总会遭到诟病,以为不够高尚,不够利他,不够冠冕堂皇。可是快乐的确是人们最自发的出于本能的追求。只是多数人追求的只是物质的快乐,如果加上精神的快乐,是不是就比较高尚了?

享乐主义为什么成了贬义词?

首先,在生存艰难的年代,无论是战乱还是贫穷,享乐都是多数人可望而不可即的事情,多数人耗尽一生劳作,仅得温饱而已,仅得存活而已,根本无法企及任何快乐。在一个社会或一个时代,如果快乐只是少数权贵人士的特权,就不可避免地染上了罪恶的色彩。因为生活的艰苦,责任、付出和牺牲是困难年代多数人都必须面对的残酷现实。

其次,在人生中,仅仅追求个人的享乐,不顾及他人,不奉献大众,不负担责任,不做出牺牲,似乎也不是什么高尚的选择。尽管如此,它仍旧可以成为一般人的选择。"毫不利己专门利人"其实只有少数极端人物才能真正做到(如特蕾莎修女和雷锋),对一般人来说,要求过高。只有少数人才能做到一生受苦,不追求快乐,只为服务他人,奉献社会。对于芸芸众生,更适合的是车尔尼雪夫斯基的"合理利己主义"——追求个人快乐,就连服务他人也是为了个人的快乐感觉。按照这个逻辑,追求个人快乐就不完全是负面的了。

再次,享乐主义容易被局限于物质享乐、饮食男女之类,因此被视为不够高尚。但是如果加上精神享乐,似乎就不那么负面了,比如对于美与爱的追求,对于创造的追求。很多科学家、艺术家并不是仅仅将自己所做之事当作受苦受难,或味同嚼蜡的劳作,而是在创造过程中享受到无与伦比的精神愉悦。在这一自我享受的过程中,还成就了愉悦大众、服务社会的科学艺术事业,又何必因其中有自我享受的成分而受到责备呢?

总之,享乐主义和快乐哲学应当得到正面的评价,也可以成为一般人对人生价值的一种选择。

超越"叔本华钟摆"

叔本华的钟摆理论乍一听觉得刺耳,往深里想却令人十分绝望。他断言:人在各种欲望(生存、名利)不得满足时处于痛苦的一端,得到满足时便处于无聊的一端。人的一生就像钟摆一样在这两端之间摆动。

难道我们就不能超越"叔本华钟摆"吗?他只给少数人指了一条路:

如果我们能够完全摆脱它们,而立于漠不关心的旁观地位,这就是通常所称"人生最美好的部分""最纯粹的欢悦",如纯粹认知、美的享受、对于艺术真正的喜悦等皆属之。

某些人带着几分忧郁气质,经常怀着一个大的痛苦,但对其他小苦恼、小欣喜则可生出蔑视之心。这种人比之那些不断追求幻影的普通人,要高尚得多了。

能够超越"叔本华钟摆"的只是极少数有天赋、有艺术气质的幸运儿。他们超越了世俗生活中的小苦恼(比如没钱啊、没评上职称啊、没升官啊,等等),小欣喜(比如有了钱啊、评上职称啊、升了官啊，等等），从纯粹认知（科学的事业）当中得到快乐，从美的享受（艺术的创造与欣赏）当中得到快乐。

有时，我能从写作一篇小文章中获得纯粹认知的快乐，从读一本小说中获得真正的喜悦。我希望能够因此摆脱"叔本华钟摆"，在有生之年活得快乐、充实。

要想摆脱"叔本华钟摆"，除了纯粹认知和美的享受，还要"经常怀着一个大的痛苦"，那就是直面生命的残酷——它是那么无可救药的短暂，就像朝生暮死的蜉蝣，短短的几十年过后就消失得无影无踪。

阅读尼采

一、**致命真理**

长期以来，对尼采多有误解。比如他说去见女人别忘了带上鞭子，此话实属骇人听闻。最近看研究尼采专家写的书（《尼采与现时代》）提到这件事：一位老相识听了这句话后大感不安，尼采知道后惊讶地说："别紧张，求求你啦……这只不过是句玩笑话罢了，只是象征性地夸张一下嘛。"尽管作为一位严肃的哲人，这样开玩笑也是很不应该的，但是与他浩如烟海的深刻、睿智、理性的思想相比，这点错误还是瑕不掩瑜的。

尼采的主要思想定位应当是：反对基督教，倡导前苏格拉底的文化复兴，倡导科学的世界观和宇宙观。他终生的任务是"在关于起源与终结的致命真理上建立一个社会"。换言之，在否定了上帝、天堂和地狱的致命真理后，人们将怎样生活？上帝死了，我们怎么办？

"新的致命打击：我们的无可逃避的易朽性。——在过去的时代，人们曾经通过指出人的神圣起源来证明人的高贵伟大，但是，这种方式现在行不通了，因为在这条道路的尽头站着的是与其他种种令人毛骨悚然的野兽站在一起的猩猩,以它特有的那种方式向我们龇牙咧嘴,仿佛在说:'此路不通!'因此,人们现在试图走上相反的道路:人类的前进路线证明他的高贵伟大和与上帝的亲缘关系。呜呼!这同样是白费心机。矗立在这条道路尽头的是最后一个人的坟墓,在他的墓碑上写着:'人类的脚步到此为止。'无论人类进化到多么高的程度——他最后站的地方说不定比他开始站的地方更低——他都无法移居一个不同的更高的世界,正如蚂蚁和蠼螋在其'尘世旅程'结束时仍然与神和永生毫无关系一样。已成总是像尾巴一样拖在生成的背后:为什么这一千古如斯的景象要对某些微不足道的星球或者这些星球上的某些微不足道的族类破例呢?这完全是异想天开!"

上帝和天堂并不存在。这个致命真理对于我们中国人这样的无神论者还不那么致命,对于信仰基督教的人却是真正致命的。中国人由于不信上帝和天堂,几千年来一直在世俗生活中找意义,比如传宗接代呀,祖先崇拜呀,让自己的生命在后代的身上延续呀,立德立功立言呀。稍微虚幻一点的如轮回转世呀,此生积德行善以便来世再次托生为人呀。所以中国人不会像信上帝的西方人那么绝望,那个致命的真理对于中国人不像西方人那么致命。

就在不久前,2009年10月8日,一颗小行星在印度尼西亚上空的地球大气层中爆炸,释放出的能量有三枚原子弹那么大。这颗小行星直径约为十米。科学家指出:如果这颗小行星稍微再大一些,如直径达到二十至三十米,撞击引发的爆炸会更大,甚至对人类生命产生威胁。人类的生命真是非常脆弱的,易朽的。我们只能祈祷在我们的有生之年不要碰上这样的宇宙灾难。所以我们对于自己的生而为人应当心存感激："一个不断演化的宇宙通过一连串事件造就了我们之所是。"

二、关于习俗

"道德使人愚昧。习俗代表了前人的经验，代表了他们对于有用的或有害的东西的看法——但是，习俗感(道德)关心的却不是这些经验本身，而是习俗的长存不灭、神圣不可侵犯和不容争辩。因此，习俗感有碍新经验的获得和旧习俗的修改，道德成了创造更新更好习俗的绊脚石。"

"对于惯例的思索。数不清的习俗规定都是人们根据某些非常事件在匆忙之间做出的，它们很快就变成不可理解的了；我们既不能确切地断定隐藏在这些规定后面的意图，也搞不清违反这些规定所带来的惩罚，我们甚至在仪式的执行方面也会产生疑问——然而，随着我们对它的思索急剧增加，我们思索的对象的价值也就成倍增长，而一种惯例的最荒唐的部分最后竟然变成了不可触犯的金科玉律！"

"怀疑。我们对于一切以习俗面目出现的信念来者不拒，这意味着我们是虚伪的、怯懦的和懒惰的！那么，虚伪、怯懦和懒惰是道德的前提条件吗？"

感悟：对于已经变化的经验，习俗往往是一种压抑的力量，有时完全没有道理，比如说，一些农村至今保留女人不可以上桌陪客人吃饭的习俗，这一习俗表现为一种不容争辩、不可更改的蛮横力量。再如，婚前保持童贞本来是法定婚龄十五岁时形成的习俗，在法定婚龄推迟至二十岁的今天，还要求所有人遵守，就成了压抑人和束缚人的力量。中国历史上最典型的例子：缠足。

三、关于爱欲和性欲

"认为一件事是坏的就是使它成为坏的。如果我们认为某种激情是邪恶的和有害的,它们事实上就会变成邪恶的和有害的。基督教就是这样通过每当信仰者春情萌发时所感到的良心的折磨,成功地把爱洛斯(爱神)和阿佛洛狄忒(美神)——所到之处理想的光芒闪烁和能够点石成金的伟大力量——变成了穷凶极恶的魔鬼和幽灵。把人类必然的和经常发生的感情变成内心痛苦的一个源泉,并通过这种方式使内心痛苦成为每一个人类存在的家常便饭,这难道还不令人震惊吗?性爱与同情感和崇拜之情在一点上是共同的,即一个人通过做使他自己愉快的事同时也给另一个人以快乐,这样一种仁慈的安排在自然中并不多见!"他在"圣人"一节中尖刻地说:"那些回避女色唯恐不及和以肉体之苦为乐者实际上肉欲最为强烈。"

在这里,尼采盛赞了爱神和美神以及性爱,把性爱视为人类世界中罕见的仁慈的事物。因为人世间常见的事情是如果一个人快乐了,另一个人就会痛苦,是一种零和游戏,比如说权力、金钱的得与失。而性爱是一个美好的例外,是一种双赢游戏,一个人的快乐也导致另一个人的快乐,而非痛苦。而基督教却把这稀有的快乐变成人的痛苦,把爱神和美神变成魔鬼,把人的自然冲动变成罪恶,变成人应当为此感到羞惭的东西。

我始终感到,我目前在做的事情,就是要把性爱从人们心目中的坏事重新转变为好事,这是我们改变病态性观念的关键,也可以说是回归我们古代健康性文化的关键之所在。一旦性爱在我们的观念中从坏事变成了好事,我们就永远地摆脱了内心的矛盾、痛苦和折磨,我们的性文化、性观念和性法规就全都能够理顺了,一切问题就都可以迎刃而解了。

四、关于爱情

"爱洛斯的魔鬼化最终变成了一场喜剧：由于教会在所有色情事物上的百般遮盖，'魔鬼'爱洛斯渐渐地变得愈发美丽起来，比所有圣人和天使加在一起对于人类还更有吸引力，以至于直到我们目前这个时代，恋爱故事仍然是所有阶层都能同等地带着一种夸张的热情乐此不疲的唯一事物，这种夸张的热情对于古代人来说是完全不可理解的，对于未来的人也将是滑稽可笑的。我们的所有思想的诗情，从最高级的到最低级的都具有赋予爱情以过分重要意义的特点，甚至不仅仅是特点而已！由于这个原因，未来的人们也许会认为，他们所继承的全部基督教文化遗产都带有某种头脑发昏和没有见过世面的特征。""淫荡的精神化被称为爱：它是整个基督教的最大胜利。"

爱情的起源原来是这样的，很有道理，可是没人从这个思路上想过：爱情的美好感觉是因宗教教条对人的身体欲望的压抑和贬低所做出的剧烈反弹。对于古人和未来人，都没有爱情这回事，爱情原来是欲望被魔鬼化、被压抑、被禁忌所引起的反弹，是一种夸张的热情。在压抑解除之后，反弹就没有必要，夸张也就变得可笑了。原来，爱神也就是一个平常人，可是年深日久的妖魔化、神秘化和刻意地遮遮掩掩把她变成了一个美人，由大量的想象和可望而不可即塑造而成的超级美人。在我们的后人看来，完全是不可理喻的。我们可以清醒了吧。虽然清醒了会比较痛苦：我们丧失了一个神圣而美好的东西。

那么，我们在现实生活中切切实实感受到的爱情又是什么呢？应当说是一种夸大对象的美好程度的激情，而只要激情变为长久的人际关系，激情回归为柔情，被夸大的对象也不得不回归本来面目，而这原初和粗糙的真实当中必定包含了很多不那么美好甚至是丑陋的细节。

五、关于信仰

"怀疑即罪。基督教徒使出浑身解数，力图使它的学说成为不受怀疑的，甚至宣布怀疑就是罪过。按照他们的说法，人们通过种种奇迹而非理性投入信仰的怀抱，从此就畅游在信仰之中，如同畅游在明亮无比和一尘不染的空气的海洋中——即使是对于地面世界的悄悄一瞥，即使是人的存在不仅仅是为了畅游这一念之差，即使是我们的水陆两栖本性的最轻微的振动，都已然是罪！所有这些意味着，信仰的任何试验和证明，对于它的起源的任何思索，都将是非法的；需要的是闭目塞听、幻视、幻听和飘荡在吞没理性的波涛之上的永恒的歌声！"

非常美，语言、意境和他要表达的思想相得益彰。由此观之，所有的信仰都有这个问题。既然是信仰，就是盲目的，不问缘由的，不究根底的，不容怀疑的。我们需要的不是信仰，而是科学；我们需要的不是闭目塞听，而是睁开眼睛来看。哪怕看到的东西不如幻想出来的美好，而是粗糙、丑陋和残酷的。

六、关于同情

"我们为何必须提防同情。同情，就其实际造成痛苦而言——

我们在这里关注的只是这一点——乃是一种缺陷，正如沉溺于任何一种有害情绪都是一种缺陷一样。它增加了这个世界上的痛苦的数量，虽然由于同情，我们可能也会在这里或那里间接地减少或消除了一定数量的痛苦，但是这些从根本上说无足轻重的偶然后果无论如何也不能被当作证明那本质上有害的同情的证据。这种同情只要完全主宰人类一天，人类就会像一株染病的植物一样迅速地枯萎下去。……假设一个人在一段时间内进行实验，每天到处搜寻同情别人的机会，让他的心灵看到周围所能看到的所有不幸，这个人最后肯定就会变成一个病态的和忧郁的人。"

"充耳不闻哭声。生老病死，人之常情，如果我们这些凡夫俗子，因为其他凡夫俗子的痛苦和哀怨变得心烦意乱，愁眉不展，让我们的天空蒙上一层又一层阴影，那么，谁会因此受苦呢？当然是这些凡夫俗子！他们的负担不但没有减轻，反而加重了！"

同情是基督教的基调，而尼采由于反对基督教，对同情也不大客气。尼采偏爱个人主义的观点，偏爱男子气概和英雄气概，不喜欢任何形式的集体主义、社会主义，这是他的思想中有缺陷的地方。

尼采把同情称作滥情，他说："现在，你该满意了吧，你这'滥情'的先锋！这就是你的理想吗？问题是，我们怎样才能对别人有用呢？是一看到他的影子就跑过去，拉住他，帮助他——这种帮助要么是没有帮助，要么是添乱和帮倒忙——对他好呢，还是把我们自己变成另外一种样子，使他一看到我们就感到愉快，神清气爽，仿佛看到了一个与世隔绝、带有一道遮挡马路尘土的高墙和一扇好客的大门的美丽而宁静的花园，对他更好呢？"

其实我们过去对于尼采反对同情这一观点的批评也许过于严厉

了。他并不是一味反对同情,也不是出于恶意反对同情,而是反对滥情,觉得那种滥情于事无补,反而既帮不了别人,也搞坏了自己的情绪。不如把自己的事情做好,让那些值得同情的人赏心悦目,奋起直追。这样人类这株植物就会茁壮起来,而不是在悲悲切切的同情情绪中枯萎下去。

七、乏味的证明

"显而易见的东西。说来多么令人伤心!我们不得不以最大的努力和最高的清晰度加以证明的竟然是那些显而易见的东西!许许多多的人都不具有看见显而易见东西的眼睛。但是,这种证明是多么乏味啊!"

我们社会学恰恰做的就是这件事。我们的调查及其结论常常是显而易见的东西,但是正因为很多人都没有看见显而易见的东西的眼睛,所以我们不得不把这些显而易见的东西通过我们的指点告诉他们。这就是许多社会学著作显得乏味的原因。

八、人生的异常之美

"夕阳黄昏的判断。如果一个日暮途穷和疲惫不堪的人回首他的盛年和一生的工作,他一般总会得出一个令人忧郁的结论。当我们忙于工作时,或者当我们忙于欢乐时,我们一般很少有时间仔细端详生活和人生;但是,如果我们确实需要对生活和人生做出判断,我们不应该像上面说的那个人一样,一直等到第七天安息日才肯去发现人生的异常之美。"

尽管知道上帝不存在,人的易朽性,尼采对生活和人生一点也不悲观，也不是虚无主义，在他的心目中，人生是异常美丽的。这实在可以安慰我们这些无神论者悲凉的心。

大多数人都很少能够顾上"仔细端详生活和人生"，只是匆匆忙忙地过完一生。人生在世，所有的人只忙着两件事：工作，享乐。生命就在不知不觉间悄悄流逝，等我们一觉醒来，已经到了安息日，到了人生的最后阶段。能够停下脚步，仔细端详自己的人生，对许多人来说是一件奢侈的事。但是，难道我们不该常常在无意识的生存中停下脚步，仔细地端详一下自己的生活和人生，并且像尼采那样去体会一下人生的异常之美吗？事实上，很多人从来没想过人生是美的，或者可以是美的。

九、幸福与权力感

"幸福状态的结果。幸福状态的首要结果是权力感。这种权力感渴望表达自己，或者是向我们自己，或者是向其他人，或者是向观念或想象中的存在。""宁要遭人忌恨和声名不佳的权力，不要人见人爱的无能——希腊人就是这样想的。对他们来说，权力感比任何功利或美名都更为重要。"

人如果是幸福的，他必定已经获得了权力感。而这种权力感是渴望向自己、向其他人、向观念和想象中的存在表达自己的内心世界，所思所想。我觉得博客就是这样一个最美好的工具，话语权就是这样的权力感。如果当年尼采有这样的技术手段，他也许不会孤独地疯掉吧。

十、婚姻不值得赞许

"赞许。我们赞许婚姻,首先是因为我们并不了解婚姻,其次是因为我们已经习惯了结婚的观念,第三是因为一般来说我们事实上已经结婚。然而,所有这些理由没有一条能够证明婚姻是值得赞许的。"

我是搞婚姻研究的,看到尼采对婚姻的想法,觉得虽然有道理,但是恐怕还是西方人能听进去,中国人听着太扎耳朵。毕竟婚姻在中国比在德国要重要得多。这就解释了为什么在许多西方国家,例如法国和美国,所有的家庭中有四分之一是单身家庭,再如北欧国家,有一半人口不结婚,而在中国几乎人人都会结婚。

十一、幸福的标志

"幸福的标志。一切幸福感都有两个共同之处:充溢的情感和高涨的精神。一个在幸福之中的人就像是一条在水中的鱼,觉得自己无拘无束,可以尽情跳跃。"

我现在常常能感觉到幸福。如鱼得水,无拘无束,尽情跳跃。我好像都感觉到了。我的跳跃就是当我发言时,当我有听众时,感觉到心灵的共鸣。

十二、真正艺术品之定义

"你难道没有注意到,每一部新出现的优秀作品,只要它还处在它的时代的热烘烘的气息的包围之中,它就具有最小的价值?因为在这个时候,它还没有同市场的东西、舆论的东西以及一切从早到晚变个不停的东西分离开。经过一段时间以后,它的水分消失了,它的'时间性'不见了——这时它才开始放射出内在的光华，散发出美好的气息，如果它所追求的是永恒的沉静的目光的话，才开始获得永恒的沉静的目光。"

真正的艺术品必须经过时间的考验。当下的热闹和赞美并不能证明作品的价值，只有当热闹过后，只有当溢美之词沉寂下去之后，作品还能为人所喜爱，才是作品真正价值的显露之时。

尼采所谓"永恒的沉静的目光"指的是什么呢？那是经过时间考验之后，后世的人观看它的目光，是按照一个普遍的标准、永恒的标准所给予作品的恰如其分的评价，这个评价必定是沉静的，不是夸张或浮躁的。

十三、恢复质朴

"不动情。我们为了自己的利益而做的一切，不应该为我们赢得无论是其他人还是我们自己的任何道德赞美；我们为了自己的快乐所做的一切同样也是如此。在这种情况下淡然处之和避免一切滥情乃是更优秀的人的一种规矩：谁对这种规矩已经习以为常，谁就已经重新恢复了质朴。"

我恢复质朴了吗？

十四、充耳不闻的智慧

"充耳不闻的智慧。——如果我们整天满耳朵都是别人对我们的议论，我们甚至去推测别人心里对于我们的想法，那么，即使最坚强的人也将不能幸免于难！因为其他人，只有在他们强于我们的情况下，才能容忍我们在他们身边生活；如果我们超过了他们，如果我们哪怕仅仅是想要超过他们,他们就不能容忍我们!总之,让我们以一种难得糊涂的精神和他们相处,对于他们关于我们的所有议论、赞扬、谴责、希望和期待都充耳不闻,连想也不去想。"

只要你在任何一个方面超过他人,就不要指望别人能容忍;哪怕你仅仅是起了想超过别人的念头,你也就不要再指望别人对你的容忍。想通这一点之后,别人的褒贬就可以完全不去理会了——它们很难是公正的。即使是公正的,也不必过于看重。恐怕没有人能逃开这个规律。只能照此修炼了。

十五、我们应该如何变成石头

我们应该如何变成石头。像宝石一样慢慢地、一点一点地凝固,结晶,变硬——最后躺在那里,欢乐,宁静,永恒。

这给人生和死亡描述了一幅绝美的图画,谁能成为画中人,谁就是最幸福的人。

十六、理想生活方式

"首先,他所需要的东西,一般来说,正好是那些别人瞧不起和扔掉的东西。其次,他很容易感到快乐,没有任何特别昂贵的爱好;他的工作是不累的,而且似乎是宜人的;他的白天和黑夜没有蒙上良心谴责的阴影;他以一种与他的精神相适应的方式活动、吃、喝和睡觉,使他的心灵变得越来越宁静,越来越强壮和越来越辉煌;他的身体使他感到快乐,他从来没有想到过要恐惧它;他不需要同伴,有时他与人们在一起,只是为了随后更好地欣赏他的孤独;作为一种补偿和代替,他可以生活在死去的人中间,甚至生活在死去的朋友——

即曾经存在过的最好的人中间。"

这是一个思想者的最佳生活方式,也是我理想的生活方式。我决心在我的后半生尤其是退休之后,就按照这样的生活方式生活。没有更好的选择了。

检讨我为什么朋友很少,那是因为我是一个孤独的人,一个精神生活极其挑剔的人,而且对别人的依赖性很低,跟大多数人在一起都觉得浪费时间,认为他们不够谈话对手的水平,所以朋友极少。

真正内心丰富和强大的人是不需要同伴的,不需要朋友的。虽然有时和人们在一起,那也只是为了随后欣赏自己的孤独。相互黏在一起是内心不够强大的表现,是精神孱弱的表现。

人为什么不需要朋友呢?

首先,每一个人都是孤零零地来到这个世界上的,除了父母亲人之外,除了肉体上的依赖之外,一个完美的灵魂永远是孤独的。如果一个人的灵魂够强大,够完整,它必定是孤独的。它所有的话都是对自己说的。它所有的关注都在自身。它的痛苦必须自己独自承受;它的快乐也可以自己独享。这是一种特权,也是一种不得不如此的现状,因为每个灵魂都有自己独特的轨道,与众不同的兴奋点和关注点,不会跟另一个人重叠,更说不上融合。有的时候会有一点点重叠和融合,那已是很小概率的事情了。即使是最亲近的人,如相爱的两个人,其灵魂也不可能全部融合在一起,更不必说仅仅是朋友了。

其次,依赖性是灵魂孱弱的表现,就像在现实生活中,穷人就比富人有更强的交友需求,因为他没有足够的能力自立,不能独自解决一切突发的困难,必须交到朋友,以备不时之需。而富人就没有这个交友的必要。灵魂上依赖朋友的人是灵魂上的穷人，自己不能独自应对困境，要靠别人帮助。灵魂上强大完整的人是灵魂上的富人，因此，他不需要朋友，不需要倾诉。他只对自己倾诉。自己碰到的问题有能力自己解决。

再次，交朋友一定是为了愉悦而不是为了互相救苦救难。互相帮衬的朋友不是真正的朋友，是利益上的交换。真正有趣的朋友只是灵魂的朋友，交流必定要带来愉悦的，否则就完全没有必要。这种愉悦是双方的，对等的，如果是单方面的，强求的，不平等的，那就不会有愉悦，而是一种折磨。

如果我此生幸运，可以有一两位灵魂朋友做伴；如果我不幸遇不到这样的朋友，也应当鼓起勇气，独自一人面对人生。

十七、我是炸药

"我深知自己的命运。总有一天，我的名字将和某些可怕的回忆连在一起——将和那些前所未有的危机、那良心的最深刻的冲突和一直被信仰、需要和视为神圣的事物的反抗连在一起，我不是人，我是炸药……我是真理之声。但是，我的真理是可怕的：因为迄今为止的真理全是谎言。对所有价值进行重新估价：我的这个公式对人类来说是最高的恢复理智活动的公式，对我来说，这个公式已成为具体生命了。"

反抗人们所视为神圣的一切，勇敢地说出可怕的真理，重估所有的价值，这就是尼采作为一个战士的所作所为。他甚至说自己不是人而是炸药，这种勇气值得钦佩。

十八、做一个精神上的立法者

"真实的哲学家是指挥官和立法者。他们说:'它应该如是!'正是他们决定人类的来由和去向……他们的'认识'就是创造,他们的创造就是立法,他们的真理意志就是权力意志。"

真正的哲学家应当是立法者,当然,这个立法不是狭义的立法,法律条文意义上的立法,而是广义的立法,是精神意义上的立法。他们告诉人们什么是对,什么是错,应当怎样生活,应当怎样行事。只有成为在这个意义上的立法者,才能被称为真正意义上的哲学家,才是成功的哲学家。

十九、分娩的痛苦或没有见证成的历史

"蝴蝶想要挣脱它的茧,它把它的茧撕裂开,然后它被陌生的阳光和自由的天地弄得茫然不知所措。人能够经受这种痛苦,但这种人是多么稀少啊!在痛苦的折磨中,人类做出的第一次尝试就是看人类是否能使自身从一种道德存在转化为聪明的人类。""一切好东西都曾经是新的,因而是陌生的,与习俗相反的,是不道德的,它像一个虫子一样咬着幸运的发明者的心。"

二十、习俗和它的牺牲品

"习俗起源于两种思想:'团体比个人更有价值''长远利益重于暂时利益'。由此得出:团体的长远利益无条件地优于个人的利益,甚至优于个人的短暂的幸福,而且也优于个人的长远利益,甚至优于他的生存。即使个人受到有益于整体的安排的损害,即使他在这种安排下失去活力,由于这种安排而死亡——习俗必须维持,牺牲

品必须提供。"

习俗的安排是这样排序的：第一等，团体的长远利益；第二等，团体的暂时利益；第三等，个人的长远利益；第四等，个人的暂时利益。我想到的例子有禁止寡妇再嫁的习俗；印度寡妇自焚殉夫的习俗；非洲一些国家对女童做阴部环切术的习俗；还有许多这样可怕的习俗。一个美好的社会不能不摒弃这些习俗，而习俗的改变永远是充满争议和困难重重的。

习俗的改变总是从那些由于时过境迁已经变得毫无理由、毫无功能的事情开始的，因为它们对团体的利益已经毫无用处，只剩下对个人毫无道理的残忍荼毒，例子有缠足等；习俗的改变进而挑战那些对团体利益还有一些功能但却戕害个人的事情，例子有反对寡妇再嫁（怕带走后裔，分散财产）、反对妇女上桌吃饭（让妇女单独承担家务，心甘情愿伺候男人，而不是和男人平起平坐）等。

改变习俗和社会进步的一个基本动力在于，在不妨碍团体利益前提之下的个人利益的最大化。只有当有绝对理由要求个人为团体利益牺牲的时候（如反侵略战争），个人利益才应当服从团体利益；在所有个人利益与团体利益不发生冲突的情况下，则可以挑战和改变习俗，原则是个人利益的最大化，即最大限度地满足个人的需求。一个典型的例子是：如果不打算养育孩子，就可以挑战婚姻习俗，选择不进入婚姻，以达到个人快乐的最大化。

二十一、关于艺术

"艺术，她在人生的光景上披上了一层含混的思想的面纱，使生灵挨过生涯。"

如果没有艺术，我们将怎样"挨过"一生？人世间，现实的生活不过是吃喝拉撒睡，没什么意思。艺术则是我们所有可怜的生灵中的一小批精华从平淡的生活中硬生生创造出来的美，完全是无中生有。没有他们，没有他们创造的美，我们怎样熬过人生？我们这些凡夫俗子全都应当向艺术家致敬，感谢他们创造出美，供我们享用。当然，必须是真正的美，而不是那些徒有艺术之名而无美之实的东西。

以此观之，能够创造出美的艺术品的人是人中之盐，他们的生活是常人难以企及的。

二十二、性欲与精神、写作冲动的关系

"一个人的性欲的强弱和类型通向其精神的最高点。"

将性欲等同于生命力原来不是弗洛伊德的发明，而是尼采开的先河。人们一般会把性欲仅仅归结为肉欲，而尼采把它与精神连在一起。性欲的强与弱其实是生命力的强与弱，是精神的强与弱。我们不要再把性欲强烈当作一件可羞可耻的事情了，不要再把它视为道德低下的事情了。一个性欲强烈的人应当庆幸自己有较强的生命力，庆幸自己的灵魂有较强烈的色彩；而一个性欲很小很弱的人就躲在角落里反省或哀叹自己生命力的孱弱吧，不要再据此炫耀自己道德高尚了。

尼采还说过：艺术在本质上就是一种"醉"。"为了使艺术能够存在，为了使任何一种审美行为能够存在，有一种心理前提是不可或缺的，这就是醉。""首先是性冲动的醉。"只有性冲动所达到的快感，才是最自然、最典型和最具有美感的状态。性高潮所带来的审美满

足,最典型地将人的肉体和精神生命所需要的快感结合在一起,使人在性快感的满足中体会到审美的最高境界。性高潮是生存美学所追求的生存美的典范。

"艺术家如果要有所作为的话,就一定要在秉性和肉体方面强健,要精力过剩,像野兽一般,充满情欲。"他还说:"艺术家按其本性来说恐怕难免是好色之徒。"

写小说的经历使我不得不承认这一点。我曾对冯唐说过,由于在性问题上的男女双重标准的存在,我承认这一点比他尴尬十倍。

精心呵护自己的心灵

岁数越大,对于生老病死的佛教教义的体验就越真切。还记得小时候妈妈给我讲释迦牟尼在菩提树下顿悟的情形。人生就是如此,没有例外,也没什么太可怕的,只是等待一切该发生的发生而已。

释迦牟尼在一个城中生活,他在城的东南西北四个大门处分别遇到了一个婴儿、一个老人、一个病人、一个死人,于是顿悟:这就是人生百态中最基本的几种形态,人生不过如此而已。这一顿悟真没有什么特别之处,就是最直接的人生感触,一点儿也不深奥,一点儿也不玄妙,其表达也是大白话。

在中国,无论信不信教,这些道理是被人们普遍认同的。民间对待宗教的态度一直就秉持骨子里的中庸:不可不信,不可全信。全信常常会走火入魔,不信又怕对自身不利。其实佛教的道理,尤其是关于"空"的道理,人们内心深处早就接受了,因为它以事实和人们的经验为基础,几乎没有什么值得质疑的余地。

有了对于人生这一超脱的看法,中国人的价值观基本上是现世的,是世俗的,不是宗教的。人们深知死后并没有灵魂,没有天堂,没有地狱,没有前生,没有来世,人所拥有的仅仅是这几十年的有生之年。所以养生之道成为大多数人的信仰,保养身体,安度一生,这就是中国人普遍的人生价值观。

虽然这种世俗人生价值观颇受其他文化中人的诟病,说中国人不信神,没宗教信仰就是一群行尸走肉,但是我觉得中国人对于自己文化的世俗价值观不必妄自菲薄。有神论和无神论并不是高尚与低下的分野,只不过是对宇宙、对世界、对生命的不同观点而已。好消息是,现代科学日益证明,无神论的真理成分远远超过有神论,所以事实将证明,真理在我们一边,我们可以坦然面对有神论者的攻讦。

由于中国人大都没有宗教信仰,大都是无神论者,所以我们所拥有的只是世俗的生活,世俗的价值观。所谓世俗的价值观,就是过多看重俗世的生活,不关心前生来世;过多看重肉体,不关心灵魂。因为大家心里明镜似的,生命既无前生来世,死后也无灵魂,所以强身健体就是国人普遍的宗教信仰,精心呵护身体就是全民最普遍关注的事情。这一点,从各类媒体中有大量养生类信息而受各类人群欢迎,可以看得十分清楚。

人应当精心呵护自己的身体,要时时关注它,监测它的各项指标;人还应当精心呵护自己的心灵,也应当时时关注它,监测它的健康度、精致度和愉悦度。

有的人的生活是病态的,不健康的。比如那些嗜酒的人、心胸狭窄的人。嗜酒伤肝,心胸狭窄的人成天闷闷不乐,郁郁寡欢。肉身的不健康与心灵的不健康互为因果,恶性循环,对癌症成因的一个极端说法就是,它根本就是一种精神病,即抑郁的、不健康的心态导致的疾病。

有的人的生活是粗粝的，不精致的。衣食住行全不讲究，乱七八糟。食仅果腹，衣仅蔽体。对于音乐、美术、文学、哲学全无兴趣，只读畅销书，只看肥皂剧，从不享用文学家、艺术家、哲学家这些精致灵魂所创作出来的精致作品，生活质量很低，不只是物质生活质量低，精神生活质量也低。

有的人的生活是苦闷的，不快乐的。活得无精打采，沉闷纠结。寝不安席，食不甘味。既感觉不到食之美味，也感觉不到性之欢愉，更感觉不到纯粹精神的愉悦。世俗生活中的快乐不外乎三类：肉体的快乐、人际关系的快乐以及精神的快乐。如果在这三个方面都感觉不到愉悦，人的生活是多么沉闷难熬。

既然没有前生，没有来世，既然死后也无灵魂，就好好关注此生此世，精心呵护目前这个生命，尽量让它健康、精致、愉悦，这才对得起自己宝贵的独一无二的存在。

完全超脱

对世间的一切事都应放轻松，因为无论是快乐还是痛苦，结局都是一样的，不会因为你一直痛苦而有所改变。所以，何不把所有的痛苦和焦虑放下，轻松愉快地度过每一天，度过一生？

在温饱的问题解决之后，人会为各种精神上的事情痛苦和焦虑：存在的意义啊，人际关系的好与坏啊，名声的大与小啊。其实，只要想想宇宙的浩瀚无垠和时间的悠远绵长，所有这些事情全都可以放下，完全没有必要焦虑。

人的一生，做点儿什么还是什么也不做，最终看来可能不会有区别。做些漂亮的事情出来，得到人们的赞赏，也只是得到一时的快乐和得意而已，从长远看，没有太大区别。所以完全可以超脱。

人能够为自己争取到一身轻松的状态才算进入佳境。

这个一身轻松首先是指肉体。人如果需要强度较高且感到费力的劳作，就没达到这个境界；如果罹患疾病，也没有达到这个境界。

其次是指人际关系。人如果陷入和他人的痛苦关系中，就没达到这个境界。比如跟父母有矛盾，它会不时困扰自己；又如陷入与另一个人的情感纠葛甚至单恋中，那样的处境简直就是挣扎，离轻松愉快有千里之遥。

最后是指精神。人如果陷入精神上的压抑或抑郁，也达不到这个境界。正如叔本华的钟摆理论，人在物质需求得不到满足的时候感觉到痛苦，在物质需求全部得到满足的时候感觉到无聊。无聊会导致烦闷甚至焦躁，远非轻松愉快。

真正要到达一身轻松的境界，不但要摆脱肉体上和人际关系上的困扰，还要设法摆脱精神上的无聊和烦闷，去追求人生之美，像福柯说的，努力把自己的人生塑造成一件美不胜收的艺术品。而当自己的生活成为艺术品时，感觉必定是超凡脱俗的。

人在年幼时，离开血亲无法存活，所以无法超脱；待到年长，又有了姻亲；亲情、爱情之外，还有友情，这也是一种关系。人要想超脱关系，谈何容易，需要多么强大的内心力量。

最常见的情况是，人根本不想超脱关系。孩子不愿离开父母，兄弟不愿离开姐妹，爱情和友情更是故意的选择，人们常常为了陷入这样的关系而煞费苦心，甚至寻死觅活。好不容易找到了爱情和友情，怎么舍得超脱？

还有一种情况是，人无法超脱关系之外。有时爱情已经失败，友情已经褪色，本应是摆脱之时，可是人深陷其中，无力自拔。这种关系恰如鸡肋，弃之可惜，食之无味，可是人陷于惯性之中，陷于回忆之中，对于过去的美好念念不忘，也是无法超脱。

无论是不想超脱还是不能超脱，都是人的内心不够强大的表现。只有内心强大的人，才能毅然决然地摆脱所有关系，遗世独立，独自享受存在的愉悦感觉。我觉得自己现在正开始向这个方向走着，虽然倍感艰难，但是内心的力量在增长。一个真正的人必须独自面对生存，独自面对死亡。想通了这一点，是内心成长的第一步，第二步就是勇敢地、义无反顾地向着这个方向走去。

勇气，勇气。没有这个勇气就不是真正地存在，也无法真正地存在。

世俗修行的三个目标

一提修行,人们就会想到宗教实践,佛教的修行,基督教的修行等。那么无神论者怎么办,无法修行吗?不需要修行吗?

就在最近的几十年间,人类才最终搞清了宇宙的真实状况,所有的宗教都顿失依据,对宇宙和人生的无神论认知是唯一清醒正确的认知。这一点即将成为全人类的共识。

没有了神,人更需要修行,完全世俗的修行。修行就是人的精神生活的同义语。人生在世怎能没有一点儿精神生活?

修行应当包括这样几项内容。

首先,对宇宙和时间的清醒认识。

基本的事实也许就是:宇宙出现(138亿年前)—恒星时代出现(100亿年前)—地球出现(50亿年前)—人类出现(300万年前)—人类消失(50亿年后)—地球消失(50亿年后)—恒星时代结束(100亿年后)—宇宙消失(3.65万亿年后)。时间也会最终终结。修行的第一个目标就是能够接受这个事实,而且是内心平静地接受这一事实,这是很不容易做到的。因为这个冷酷的事实给每个稍有敏感度的灵魂带来的，一开始都是抓狂的感觉，渺小至极的感觉。因此，既接纳这一事实，又获得内心平静，是修行很难达到的一个目标，有些人需要一生的时间才能达到这个目标，有些人终其一生也达不到这个目标，也就是终其一生也无法获得内心的平静。

其次，对人生的清醒认识。

人生相对于浩瀚的宇宙，只是短暂的一瞬，而且从宇宙的角度看是完全没有意义的。要清醒地认识到这一事实，而且让内心获得平静，这也是很难达到的目标。很多人用不去想这个问题的办法来逃避，用把自己灌醉的办法来逃避，用让自己繁忙而无暇顾及的办法来逃避，就是不想或者无法面对人生的无意义。许多出家人是与这个问题正面相对的，不逃避的。世俗的修行者就是要既过世俗的生活，又像出家人一样与这个问题正面相对。这就形成了一个悖论：既然无意义，为什么还要做世俗的事情？而这恰恰是世俗修行需要解决的问题。解决了，修行的这一目标就达到了；没解决，就没达到这一目标。

很多人在世间做事仅仅是为了谋生，其实多数人都是如此，他们没有遇到为什么要做事的问题；少数遇到了这一问题的人是已经解决了生计问题而不需要做任何事的人。因此，这个问题对于后者比对于前者更尖锐，更紧迫，更赤裸裸地呈现出来。修行的第二个目标就是要既接纳人生最终无意义的事实，又获得内心的平静。

最后，精神的平静和喜乐。

面对浩瀚的宇宙和人生的渺小，世俗修行的第三个目标就是要获得精神的平静和喜乐。如果说平静已经是一个难度极大的目标，那喜乐的境界就更加高不可攀了。平静是通过节欲就可以获得的，喜乐却是真正意义上的纵欲之后才能到达的境界。

人活着有各类欲望，食欲和性欲是其中最重要的欲望。节制食欲和性欲，就可以获得内心的平静，但是并没有喜乐在其中。精神上的喜乐需要完全的随心所欲，自由自在，让人的各种欲望自由宣泄，自由奔放。既然人生最终并无意义，那就让精神自由飞翔，在短暂的人生中，去发现美与爱，去欣赏姹紫嫣红的自然之美，去享受千姿百态的人工之美，去爱上一朵美丽的花，爱上一个可爱的小动物，爱上一个美好的人，在欣赏和爱的过程中获得精神上的喜乐。

人生只有短短的几十年时间，我准备在这段时间中不懈修行，不眠不休，直到人生终点，在修行中走完人生之路。

修行就是为欲望设限

人修行的目标之一就是同生死,在自己的心中将生死的界限修炼得模糊起来,生即是死,死即是生。佛教的修行恐怕就是如此,作为一个世俗之人,也可以做这样的修行。但是,这个境界不容易达到。

人生的所有痛苦全都来自欲望。社会学大家韦伯早就把人的主要生存动力概括为三个东西:金钱、权力和名望。社会就按照这三个东西划分阶级和阶层,富人和穷人是两个阶层,有权者和无权者是两个阶层,有名者和无名者是两个阶层。当然这个两分法只是两个极端,社会人群并不是非此即彼的,而是从最富到最穷的一个色谱样分布;从最有权到最无权的一个色谱样分布;从最有名到最无名的一个色谱样分布。这个分布并不是均匀的,而是统计学所说的正态分布(两头小中间大的分布)。

正因为在这三种资源上,社会呈两头小中间大的正态分布,人们才备受刺激,才羡慕嫉妒恨,才拼命去争夺这些资源,而社会在人们对这三种资源的争夺中逐渐发展和进步:因为要变得有钱,人们才努力劳作，拼尽体力，绞尽脑汁，而在人们的竞争中，经济发展起来。与此同时，各项公共服务也发展起来。同理，正因为想出名，作家才写小说，演员才表演，画家才画画，音乐家才作曲。于是我们才有好小说看，有好电影看，有美好的画作和音乐供我们欣赏。

从宏观角度看，社会就是在人们对钱、权、名的激烈竞争中不断地发展起来，实现了良性循环，只要强化竞争规矩，使得人们能够在一个公平的赛道上平等竞争，就不会出现大问题。过去在完全实行公有制的年代，实际上就是取消这个竞赛，所以人们变得无精打采，经济也停滞不前。改革开放之后，加入了私有成分，人可以通过自己的努力变得有钱，于是社会生活一下子就活泼起来，经济也快速发展起来了。其实人的欲望不会因为批判而改变，它其实倒也不是什么太坏的东西，反而是社会发展的动力。

然而，欲望的满足有一个度，过度地追求会走向反面，于是就需要修行。修行就是要知道自己的限度，生命的限度，那就是死。欲望的满足的终结就是死。所以加缪说：死亡是唯一重要的哲学问题。死就是生命的限度，是欲望的终结点，是对意义的提醒。欲望的满足有意义吗？对于宇宙和时间来说，生命是无意义的。生命的意义只是针对个体而言的，只对个体有意义。所谓修行，就是要在生命的某个时刻，思考意义的问题。思考生命对于自身的意义是什么，思考生命对于宇宙的无意义。

浮生自在

寻找梭罗的感觉

虽然没有身在瓦尔登湖,但是找到了梭罗的感觉,生活宁静,心情愉悦,灵魂自由。耳朵常常听到喧闹而又静谧的虫鸣,眼睛常常看到不安而又平静的大海,心中常常感到奔放而又深邃的情绪。

梭罗的感觉首先是遗世独立。世事繁杂,红尘滚滚,梭罗来到瓦尔登湖,自耕自食,主动选择远离世事的喧嚣。而今我住在一个海边小城,虽然不用自己去种粮食果腹,但是衣食简单,基本吃素,每天让旁边饭店送一份素菜,分两顿吃,每顿饭只需十五分钟,全天用在吃上仅四十五分钟。每天酣睡六七个小时。早午晚去海边散步各半小时,其余时间全部用于读书、写作和观影。

观影要求不高,有《福尔摩斯探案》《冰血暴》这样水准的影视剧集也就差强人意了。偶尔看到真正的好电影,如《绝美之城》,眼前一亮,心情的愉悦无与伦比。有汉尼拔系列这样的书看也差强人意。偶尔读到真正的好书,如牙买加·琴凯德的《我母亲的自传》,心中一凛,神飘天外,仿佛跟随她来到多米尼加那个荒芜的小村庄,看见一个寄人篱下寂寞悲苦的小女孩用泥巴糊在海龟伸头的洞洞上,让它们寂寞地死去。

梭罗的感觉是细细体味每一天的生命。梭罗认真地把每天的感受记录下来，他常常说：我现在开始过某年某月某日这一天。而我也在桌面上摆了好几个日历，单张的，撕页的，一月一翻篇的，带电子报时的。要数撕页的日历最具象征意义，眼看着厚厚的一本越撕越薄，一过七一，厚厚的一本已然只剩了薄薄的半本，心中不胜唏嘘。虽然深知想尽一切办法也无法使时间停留，但是却常常无奈地注视着时间的流逝，一分一秒，一小时一天，一周一月，一年十年，心中悲苦而又欢欣。苦的是所有已经过去的再也不能追回，乐的是那分分秒秒的快感与宁静。

梭罗的感觉归根结底是一种存在感。在纷繁的俗事和人际关系当中，人不会想到自身的存在，不愿想，不敢想，或者仅仅是无暇顾及。而梭罗住在森林中，每天观察生机盎然、千奇百怪的植物、动物，与此同时，反观自身，自己的身体，自己的灵魂，看它们如何像那些植物和动物一样生长，茂盛，衰败，终老。人的存在是如此短暂，在宇宙之眼中只是一瞬，眼开眼闭之间，花开花落之间，香消玉殒，灰飞烟灭。如果不曾细细体味，细细咀嚼，细细观察，真是对自己这个生命的大不敬。

我心追随梭罗，瓦尔登湖就是我的圣地，余生就一直在朝圣的途中。

瓦尔登湖漫步

终于来到了梦幻中的瓦尔登湖。今年波士顿地区的春天姗姗来迟，友人说，往年这个季节已经很暖和了，可今年气温还是在零度上下徘徊。从借住的友人家到瓦尔登湖只有五分钟的车程，我们在空荡荡的停车场停好车，向湖边的沙滩走去，瓦尔登湖还被冰雪覆盖，只是在靠近沙滩的地方有一片条状湖面已经化开，友人除了给我照了以整个湖为背景的照片，还特意让我站在紧挨湖边的地方照了几张，她说这样能够照到湖水中我的倒影。

在停车场附近有一个很新的小屋子，是梭罗小木屋的复制品，里面有一张单人床，一点简单的家具。我进去在壁炉边的椅子上坐了一下，试着想了想当初梭罗住在这个小屋里的情景。离屋子几米的地方有个梭罗的雕像，看样子应当是按真人身高雕塑的。梭罗这么矮啊，也就一米六的样子，在读他的书时，想象中的他应当是一个一米八以上的大个子男人，可能是他独自一人在旷野徘徊低吟的形象以及他强悍的精神投射到心中，不知不觉就把他想象成了一个高大、伟岸的人了吧。雕像的一只手举在胸前，另一只手放在身后，好像要拉着人往哪里走似的。那手由于很多崇拜者的摩抚而变得比别处更亮。我也去牵了梭罗的手,让友人照了张相,心里就像这样牵了他的手在瓦尔登湖边徜徉。

小木屋只是一个复制品,木屋的原址其实在几十米以外的小山坡上,由四块方石头和四条铁链围成一个方形,小屋早已荡然无存,只是在小屋原址旁边有一堆形状大小不一的碎石,我悄悄捡了一块核桃大小的碎石,准备把它带回去,这毕竟是梭罗小屋房基的一小部分啊。

碎石堆上立着一块木牌,上面用大写字母镌刻着梭罗的一段话:"I WENT TO THE WOODS BECAUSE I WISHED TO LIVE DELIBERATELY TO FRONT ONLY THE ESSENTIAL FACTS OF LIFE. AND SEE IF I COULD NOT LEARN WHAT IT HAD TO TEACH AND NOT, WHEN I CAME TO DIE, DISCOVER THAT I HAD NOT LIVED." THOREAU("我进入林间,因为我故意要过一种仅仅面对生命最基本事实的生活,看看它是否会告诉我,当我离世时才发现,我根本没有活过。"梭罗)这话一定在他的书里,但是我以前没有注意到,当此时此刻站立在他住过两年的小屋的废墟上,穿过前方松树茂密的树干和枝叶,俯瞰几十米之外静谧而神秘的瓦尔登湖,这句子的每一个词,像一个鼓槌,重重地敲在我心灵的鼓面上,发出橐橐的声音。

什么是生命最基本的事实呢?人们从出生到死亡,就像一个匆匆的旅人,一直在默默地赶路,常常头也不抬,有时眼都不睁,就从起点走到了终点,到临死时,我们不由自主地扪心自问:"我活过吗?我真的活过吗?"因为害怕这一回答是否定的,所以梭罗故意来到了瓦尔登湖畔，建了这座小屋，自耕自食，以观察四季轮回为业，每天细细观察着林间的一草一木，时刻细细琢磨着活着的滋味，把每个思绪认真地记录下来，每一天都过得无比认真郑重。在他的日记上，我读到了这样的句子：我开始过18××年×月×日这一天。真是前无古人后无来者。世界上有谁曾经如此郑重其事地对待自己的生命？如此勇敢单纯地直接面对生命最基本的事实呢？

林间小路上，冬雪尚未化尽，我们踩着厚厚的积雪，踩着积年的落叶，绕着瓦尔登湖整整走了一圈。梭罗的脚也曾经走过这些林间小道吗？梭罗的思绪还萦绕在这密密匝匝的林木之间吗？

独处与交流

茕茕子立形影相吊的生活从《陈情表》的年代就令人觉得很惨，而我在有独处的机会时，却感觉很舒服，主要是感觉到精神上的自由可以是无边无际的。

人生有太多时间无缘独处。只要不是出家人，人的生活只能陷在两个圈子中，一个是家庭圈子，一个是工作圈子，没有什么独处的机会。像梭罗那样的生活，只能源于刻意之选：专门抽出一段时间（他用了两年零两个月），专门找到一个地方（他在几个备选地点中选了瓦尔登湖），摆脱众生俗事，在树林中冥思写作，自耕自食。而进入现代之后，这种生活方式简直匪夷所思。海德格尔和赫拉巴尔都有自己森林中或高山上的小木屋，他们在那里冥思写作，但是已经谈不上自耕自食了。

人在身体上孤独并不可怕，灵魂上的孤独才可怕。我指的是灵魂不与其他的灵魂交流。即使梭罗在瓦尔登湖独处时，也还是有几个朋友的。人在物质生活中独处，不但安静，无世事干扰，摆脱所有的琐事，获得宁静的心情，而且可以是高产出的，有更多的时间读书和写作。但是如果人的灵魂上完全独处，感觉会比较冷硬，而有人交流时，才有温软的感觉。所以，灵魂之友还是不可或缺的。

概言之，人的最佳生活状态是物质上的独处和精神上的交流，这种交流当然不仅是和具体的人，还包括那些已逝的美好灵魂，就像尼采有一次提到的："他不需要同伴，有时他与人们在一起，只是为了随后更好地欣赏他的孤独；作为一种补偿和代替，他可以生活在死去的人中间，甚至生活在死去的朋友——即曾经存在过的最好的人中间。"然而，仅与已逝的灵魂交流还是不够的，因为你从他们那里得不到对你所处的时代和环境的即兴反应。

西班牙海滨小镇

在西班牙的一个海滨小镇小住,由于是旅游淡季,小镇的街上冷冷清清,像鬼镇;所有的度假屋全都空无一人,像鬼屋。一人独坐海边,一眼望不到尽头的沙滩上也是空无一人。阴天时,海水呈不透亮的灰色,单调的涛声令人倍感孤寂寥落。

写了几首诗:

一个奇怪的地方

误打误撞
我来到一个奇怪的地方
街上冷冷清清
房子空空荡荡

像飞走了鸟儿的巢
像跑掉了走兽的洞

猛然大叫一声

声音都会回荡

我在空空如也的街上徘徊

心花怒放

丑陋

海边建了游乐场

还造了一只大象

它比不上沙砾

它比不上海浪

只要经过人工

立即变作丑陋

它比不上枯萎的花

比不上一缕阳光

海边

海边独坐

头颈旋转

天际是一个半圆

沙滩是一个半圆

生命无奈

存在无聊

活在转瞬之间

死在转瞬之间

单调

那单调的涛声

就像单调的生命

涛声沉闷无休无止

生命重复无穷无尽

只有在一人独处时,才会有如此的心境。我喜欢这几天的时间,这几日的孤独,可以用来好好体味人生,感受存在。

设法躲开人群

西方人三顿饭都比我们晚,我们是七点、十二点、六点,他们是八点、一点、八点。晚上十一点,在巴塞罗那古城的街道上,人群还是熙熙攘攘的,在中国,我每晚十点就准时熄灯睡了。

在西班牙海滨小镇,我还是在战胜时差之后,恢复了十点睡五点起的作息时间。早餐过后,出得门去,走向两百米外的海滩,太阳刚刚从海平面升起,低头看表:七点半。本就过了旅游季,已经人去楼空的街道上,在这个点更是空无一人,西班牙人还都在黑甜乡里做梦呢。

昨夜下过雨,到处都是湿漉漉的,海边的步道上布满了小小的水洼,草地显得比干燥时更加碧绿欲滴,花儿有的被雨水打蔫了,可正在盛开的花反而显得更加娇艳,姹紫嫣红,美不胜收。

走在空无一人的林荫大道上,第一次感到我来对了。来对了时间,来对了地方。如果旅游旺季来,哪里会有如此的清静;如果是其他地方,哪里会有如此的清静。

人生在世,要躲开人群是最困难的一件事,无论是身体上,还是精神上，而人要过有质量的生活，一定要设法躲开人群。即使感觉到孤寂、凄清也在所不辞。为此赋诗一首，以表心迹：

不在那里

人世间熙熙攘攘
到处都是人
我的身体
不在那里

天堂里拥拥挤挤
到处都是魂
我的灵魂
不在那里

与自己的存在裸裎相见

最喜欢的生存状态还是独处,因为独处才是赤裸裸的生存状态,不需要任何矫饰,不需要任何戒备,不需要任何表演,直接面对存在本身。

只要有任何人际交往,人必然需要开放自己内心的边界,使自己不再是一个圆满的独立的存在;人必须输出或输入信息和情绪,使自己不再是一个平静和自足的存在。如果对方是一个快乐的存在,其快乐会影响自己;如果对方是一个痛苦的存在,其痛苦也会感染自己。前一种情况还差强人意,后一种情况就得不偿失了。

有个常用词"应酬",囊括了所有自己或多或少不大乐意可是无法推掉的交往,这就是对生命纯粹的耗费,令人感到疲惫厌倦。生命中的应酬应当减到最低,这样,生活质量才能提高。

有些交往是人心向往之而交往过程也有如鱼得水之感的,它不是应酬,而是心甘情愿的,如爱情、友情和亲情。这种交往虽然也会消耗生命,但是大多能够为自己带来快乐,因此可以偶尔为之。

在这两类人际交往之外,是独处。高质量的生活是独处时间比例的最大化和交往时间比例的最小化。因此,我对自己的存在取一种严守边界和提高准入门槛的态度,就是为了过一种独立、自足、圆满和平静的生活,在最大的程度上与自己的存在裸裎相见。

独处·悠闲·静修

只有一个人独处时,才能懂得李叔同当年的选择,他选择的是一种宗教的静修生活。我不信宗教,但是可以选择世俗的静修。

人需要修行,是在独处时才感觉到的,也是在真正闲下来时才感觉到的。在繁忙的世俗生活中,在黏稠的人际关系中,琐碎的事情占满了生活,有些快乐,有些痛苦,但是缺少沉思与修养的内心愿望和时间。当一人独处和彻底闲下来时,对空间和时间的深切感知才来到人的心中,这就是康德所谓"仰望星空"的心境吧。

在忙于世俗事物时,人除了身处的环境和周边景致,感觉不到空间;除了细碎的急迫事物和倦怠,感觉不到时间。只有在悠闲和独处之时,当闲坐海边眼望碧蓝浩渺的大海时,才猛然感觉到空间的寥廓和时间的流逝。宇宙和浩渺的星空来到了人的意识之中,感觉自己像一叶孤舟,飘荡在无边无际的大海当中,不知漂向何方,全无目标,全无方向,无论怎样奋力划桨,只是在原地打转,徒费气力而已。在无可奈何之中,时光流逝,短短的几十年时间,就像一瞬。再看那只孤舟,舟中之人已经踪影全无,小舟兀自在水中漂荡,好不凄凉。

当这样的感觉来到心中，真想不通为什么还要做事。佛教的修行就是看透了这一点，所以只是静坐，终身不做任何事情，其修行的要义就是四大皆空。这种想法不能不说是真知灼见，只不过世人大多不愿接受这个令人绝望和无奈的事实，只是一味像鸵鸟一样把自己的脑袋埋进沙子。

严格地说，世人做一切事情的动力都来自不得不做的逼迫，但是这种逼迫有两类，一类是来自外部世界的逼迫，另一类是来自内心世界的逼迫。来自外部世界的逼迫就是存活的压力：要通过做事换取起码的温饱和舒适，以及精神的愉悦；来自内心世界的逼迫是艺术家、科学家的创造冲动，艺术家感觉到美的召唤，科学家感觉到好奇心的召唤，要通过自己的劳作创造出这种美，要揭示谜底满足自己的好奇心，使自己的创造冲动得以宣泄。

然而，有内心冲动需要宣泄的人，在人世间只是凤毛麟角，绝大多数人做事仅仅是为了生存而已。在生存所需的一切得到满足之后，人们为什么还要做其他事情呢？这就回到了叔本华的钟摆理论：人在生存必需未得到满足时感到痛苦，在生存必需得到满足时感到无聊。人生就像钟摆一样在痛苦和无聊中摆来摆去。他的钟摆理论几乎可以囊括世间 99% 的人，所幸他对那 1% 的人网开一面，就是那些有内心冲动的艺术家。所以从某种意义上讲，艺术家是造物主的宠儿，他们是最幸福、最快乐的人，世间无人能比，帝王将相明星巨贾都不可望其项背。

如果有幸生为艺术家，当然可以自得其乐，暗自庆幸。然而，占人口绝大多数的凡夫俗子该怎么办呢？依我之见，基本没有办法，只能听之任之，破罐破摔。只是要修炼到能够比较平静地接受这个残酷事实，不要陷入过多的内心烦恼和纠结而已。这就是我现在修炼的原因和修炼的内容。我修炼的目标就是要使自己最终能够接纳自己的现状和命运，真正达到内心平静地接纳自己所处的境界。

心弦

世上能够拨动人的心弦的东西不多,有时是一段音乐,有时是一个景色,有时是一部电影,有时是一本小说,有时是一个灵魂。

那天无意中听到一首歌,一个女歌手用寥落的嗓音唱出一种呢喃般的旋律,那歌词中有这样的句子:他们来了,又走了,他们离我而去,可是我就在这里,哪儿也不去。歌词中打动人心的是一种深深的眷恋,心有所守的感觉。歌者的心沉静、醇厚、单纯而忠贞,静静地守候着心爱的人儿。

平生第一次被一个景色所感动是在十几岁时,有次在北京的街头骑车穿行,忽然看到一排白杨被夕阳染得火红,树的上半截呈金红色,下半截隐没在阴影当中,当时心中一阵感动袭来,几乎落泪。只觉得世界是如此美丽,生活是如此美好,为自己的生命和存在感到庆幸。

生命中花了大量的时间沉浸在电影之中,无论是《巴黎圣母院》《悲惨世界》,还是《罗宾汉》《安娜·卡列尼娜》,文学经典在影片中的再现令人如醉如痴,泪流满面。即使一些名不见经传的人的作品,也常常有深刻真实之处，拨动我的心弦，令我深思，令我感动。我不知道，如果这个世界上没有电影和戏剧，我的生活将变得多么沉闷，多么难以忍受。

读书的时光是快乐的，用尼采的话说，可以和已经去世的朋友相聚一堂，其乐融融。奥勒留这个古罗马的哲人皇帝的心绪，穿越千年时光，穿越万里空间，打动我寂寞的心灵；赫拉巴尔这个郁郁寡欢的捷克小说家的愁思，拨动我的心弦，仿佛听到那个寂寞的修路工在耳边呢喃：你准备把自己埋在哪里？

人的灵魂在这个寂寞的星球上寂寞地漫游，忽然之间，遇到了另一个相似的灵魂，一见如故，相聚甚欢。庆幸没有失之交臂，庆幸不再孤苦伶仃。人固然可以与许多已经故去的灵魂交流，但是如果能够遇到仍活泼泼的灵魂，那更是惊喜交集，因为它比起已故的灵魂更加难以预料，可以从交流中得到意外的惊喜、启发和感动。这真是人生之瑰宝。

在这寂寞的人生中，我默默地向着终点踟蹰独行，唯愿途中偶尔被这些美丽的风景拨动心弦，让心常常被美感动，让生命感到美不胜收。

对内心的好奇

我对自己的内心存着一分好奇,就像冯唐说他每天仔细观察自己的身体,我每天仔细观察自己的内心,有时甚至能用他人的视角从旁观察自己的内心。观察的结果令我一则以喜,一则以忧。

忧的是,它常常将我拖入困境,拖入炼狱,异常痛苦,而且脱离我的掌控。有时,我真的对自己的内心感到意外,它的情感、它的律动,不是我完全能够控制和左右的。比如有几次,我爱上了一个人,我的心就完全脱离了我的掌控,它自行其是,不由自主到令我烦恼的程度。这些经历当然是单恋,只是自己爱得死去活来,对方并不爱我,无法做出回应,而我却一往情深,欲罢不能。在陷入这种尴尬境地的时候,常常理智清明,心里明镜似的,对自己的缺点一清二楚,甚至对对方的缺点也一清二楚,但是这只是在理性范围内,一出这个范围,进入非理性领域,内心的情感还是翻江倒海,我行我素,对现实视而不见,听而不闻。有时想,仅凭我的个案,就可以写一本关于非理性潜意识的研究专著,不一定能够研究出个结果,因为它的发生机制完全说不清楚,也完全找不到解释。

喜的是，我的内心竟然是如此强烈，如此不安，它把我从平庸琐碎的日常生活中挽救出来，把我放在狂风暴雨之中，放在龙卷风之中，把我全身淋湿，把我抛上抛下，不给我安宁。它使我感觉到我是活着的，因为宁静是接近死亡的一种状态，而内心的不宁才是活着的感觉。当人产生激情的时候，感觉的确像一柄双刃剑，一方面极度痛苦不安，另一方面极度欢欣，仿佛进入微醺状态，体验到一种腾云驾雾、超凡脱俗的愉悦，是一种极其销魂的陶醉感觉。

提到单恋，人们首先联想到的词当然是凄惨、痛苦、煎熬，但是除此之外，难道没有甜蜜？在茫茫人海之中，突然间遇到一个人，使你喜欢，牵肠挂肚，就像从人山人海的广场上辨认出一张清晰的人脸，难道不让人感到甜蜜？在人的灵魂汇成的海洋之中，突然间辨认出一个灵魂，使你感到投契，有话可说，就像从一团由数不清的灵魂汇集而成的混沌之中闪现出一个可以辨认的灵魂，难道不让人感到甜蜜？在凄清、孤寂的人生当中，突然间遇到一个能够令你流泪、令你微笑的思念对象，难道不让人感到甜蜜？在一个生冷冰凉的石头星球上，突然间遇到一个有些温度的东西，难道不让人感到甜蜜？我宁愿陷入单恋的痛苦和甜蜜，不愿一无所爱。

有时我意识到，如果完全陷入自己的内心，与它一起哭一起笑，会对自己造成伤害——常常被拖进炼狱之中大受折磨，哪有不受伤害的道理？规避的方法只有跳出自己的身体，以他人的角度或者全知全能者的角度来俯瞰自己的内心，这样才能够免受真正的伤害。因为是它在哭在笑，而不是我；是它在上蹿下跳，而不是我。我可以观察它的喜怒哀乐，我甚至可以以怜悯之心看待它的一举一动。只要我愿意，我可以随时沉浸在它的痛苦或者快乐之中，我也可以只沉浸在它的快乐之中,把痛苦隐去。我想跟它一起痛苦时,泪水会盈满我的眼眶;我想跟它一起快乐时,幸福会盈满我的胸膛。

我对我的内心永远充满好奇,不知道它为什么会如此强烈不安,不知道它为什么会突然间对一件事、一个人着迷,不知道它为什么会突然间一往情深,如醉如痴。恐怕这个谜一直到死也无法破解了。

把自己从性对象的角色中解放出来

人一过青春期,就自觉不自觉地成为性对象,或者说自觉不自觉地进入了性对象这一角色。就像人照镜子,不仅是自己在看自己,也从想象中的他人的目光中看自己。美则喜,丑则忧,因为美是他人把自己当作性对象的时候对自己的期望。当人把自己从性对象的角色中解放出来的时候,马上就会成为自由人。他可以不再纠结于自己的相貌、身材、年龄和性别,可以毫无压力地自由自在、自信地活着。跳广场舞的大妈已经把自己从性对象的角色中解放出来了,所以可以自得其乐,旁若无人,以丑陋平庸示人。觉得自己不够美的人也应当把自己从性对象的角色中解放出来,也就不再有压力,可以按照自己的本色生活,对自己没有过高的要求,也不再纠结自己在他人心目中的形象。

人在一生中,总会有一段时间成为他人的性对象,自己也渴望进入这一角色,以便与他人建立某种形式的亲密关系。但是美与丑是相对的,一个人只能待在从美到丑的这个连续谱系的某一个点上,你美,还有人比你更美,像白雪公主的继母那样的人是最要不得的:

天天问镜子,谁是天下最美的人,只要有一个人比她美,她就受不了。这怎么行?给自己的压力太大了,只能被逼疯。

过了这段时间,当人不再是他人的性对象时,会感觉到失落,但是难道不也可以感觉到轻松和超脱吗?人生毕竟除了成为他人的性对象之外,还有其他有趣的事情可以做,还有其他的内容可以享用。比如去追求美与爱。当然,这种美只是去欣赏美,美丽的风景,美丽的人。既然已经不再是性对象,自己就不再是美的欣赏对象,爱也就只能局限在精神领域了。

自由与选择

在社会当中,一般的人际关系都符合某种特定的模式,形成了一些特定的习俗,例如婚姻制度、家庭制度,亲情、友情、爱情,亲人、朋友、情人。世上绝大多数的人和绝大多数的人际关系都符合这些模式,人在其中生活,如鱼得水,乐此不疲,终生不渝,从未感觉到有超出这些模式的必要。

但是人不一定非遵循这些模式不可。如果有必要建立不符合模式的关系,比如亲情加爱情的关系、友情加爱情的关系、亲情加友情的关系,或者三者加在一起的关系,也不妨一试。有时,人会遇到一种完全无法归类的关系,既非亲情、友情,亦非爱情、婚姻,兼而有之,兼而无之,说不清道不明,也不妨一试。

有很多爱情,在激情过后,转变为亲情,爱人转变为亲人,几乎所有发生过激情的关系,如果想长期维持,这种转变几乎是不可避免的。有些友情转变为爱情,爱情转变为友情,两人的关系于是转变为半爱人半友人的关系,这也是有可能的。亲子之间像朋友一样相处,在一些人之间也很自然,兄弟姐妹之间除了是亲人也是好朋友的关系也是有的。在有些关系中,是一种亲情、友情和爱情的组合、掺和,这种微妙的感觉也不是完全没有可能发生的。

总之,人生在世,没有必要压抑自己的真实感觉,硬生生地把自己塞进一种固定的、约定俗成的狭窄逼仄的空间中去,完全可以让自己的心随意徜徉。譬如,如果对某位朋友产生爱的感觉,也不妨去爱,没有必要做排他选择:如果做朋友就不能有爱,如果产生了爱的感觉就连朋友也不能做了。自由自在、随心所欲才是最高准则。因为所有的人际关系规则都是人定的,并没有理由要求所有人绝对遵从。

做一个自由的人,需要在必要时拿出挑战规则的勇气。打破规则,人才能获得真正的自由。

在打破规则方面,法国文学巨匠尤瑟纳尔是一个特立独行的榜样。她厌恶法国人把爱情变成一种固定的程式,比如结婚,生孩子,在某个年龄,在某种性别之间。其实爱情完全可以不是这个样子,可以更加自由奔放,更加随心所欲。

她本人与一位热爱她的女人共同生活了四十年,几乎就是终身,在美国乡村的一所小房子里。她的一生不可谓不成功、不快乐,她是法兰西学院第一位女性院士,她的小说被读者奉为文学经典。她的生活方式的最大特点就是自由。

人们一般会认为,人只能按照某种规定的模式生活,比如男大当婚,女大当嫁呀,嫁鸡随鸡,嫁狗随狗呀,男人只能爱女人呀,最好保持终身呀,如此等等,不一而足。习俗的力量是很专横的,如果自身的欲望正好符合习俗,一切看去甚至是出于自由的选择。多数人正好符合习俗,要不习俗也不会成为习俗。

但是，如果一个人喜欢的不是异性，而是同性，他就感受到压抑；如果一个人不想结婚，不想生育，他就感受到压抑；如果一个人想同时去爱几个人，他就感受到压抑。习俗成为限制人的自由的专横力量，人会感觉到不自由。

福柯说，人其实比自己想象的要自由得多。也就是说，当我们感觉到不自由的时候，实际上仅仅是由于我们屈从于习俗，我们完全可以不这样做，而去选择一种自由自在、随心所欲的生活。

自由地去做自己喜欢的事情，自由地去爱自己喜欢的人，自由地选择自己喜欢的生活方式，这就是我的人生宣言。

自由与掌控

人一定要完全掌控自己的生活，如果还有不能掌控的部分，他就生活在必然状态；只有完全掌控，才是生活在自由状态。

与做事交友相比，最不容易掌控的是自己的身体，因为身体有遗传等先天因素，比如先天残疾，某种先天疾病的基因。但是即使摆脱不了先天的因素，后天因素还是可以掌控的，比如生活的规律，饮食、运动和心情。有人说癌症是精神疾病，也许太忽略先天因素了，但是此话有一定道理。"尽人事，听天命"是人对待自己身体的办法。如果不尽人事，比如用抽烟、酗酒来戕害身体，用成天郁郁寡欢来戕害心灵，那就是自己的不是了。

在做事方面，先天的因素就小多了，但是也不能说没有，比如智商就是先天的，智商高可以考上大学，智商低考不上，生活道路和一生能做的事情就不会一样；再如某种才能也有先天因素，有人天生不能当领导，有人天生不能做生意，有人天生不能写作，硬要去做，就会陷入失败的境地，失去对自己生活的掌控。但是大致按照自己先天的条件，选择自己能愉快胜任的事情去做，不做不适合自己的事，不做自己不喜欢的事，还是有选择余地的。为了能够掌控自己的生活，一定要选择最适合自己的事去做，选择自己最喜欢的事去做。这样，即使做不到极致，也能享受过程，还可以有掌控自己生活的感觉。

在人际关系方面，先天的因素就更小了，除了亲人和从小生长的环境不能选择之外，其他纯粹出于自己的选择，主要是爱情和友情的选择，爱人和朋友的选择。要想掌控自己的生活，就应当只选择自己能够爱和喜欢的人交往，不搭理其他的人。因为只有自己喜欢的人才能给自己带来快乐，不喜欢的人只能为自己带来痛苦和伤害。要让自己常常保持好心情，得到人间的挚爱和发自内心的喜欢，就一定要择枝而栖，而不是随便见到一个地方就落下来。

对身体、工作和人际关系的完全掌控是人获得自由的必由之路，也是人能够享受自己人生的唯一办法。

论生命之美好与自由的关系

热爱生命，这是多么美好的一件事。在世间万物当中，唯有人是意识到自己存在的，有喜怒哀乐爱恶欲的。其他事物也可以是美好的，比如一朵花，一只小鸟，一块岩石，但是最美好最值得眷恋的还是人的生命及意识。花儿只能在春天绽放，小鸟只能终生觅食，岩石只能默默承受风吹雨打，只有人及其意识可以选择，可以自由自在。换言之，世间其他的存在只是必然，唯有人的生命和意识是自由的，它可以不为环境所决定，可以自由奔放。

虽然人的一生也要受到环境的影响和限制，但是那种影响和限制不是绝对的，人可以选择。人可以选择过什么样的生活，例如可以选择富裕的生活，也可以选择清贫的生活；可以选择结婚，也可以选择单身；可以选择忙碌，也可以选择悠闲；可以选择热闹，也可以选择孤寂；可以选择快乐，也可以选择痛苦。

每当想到宇宙的浩瀚和生命的短暂，就不由趋向于精神和身体的自由奔放。在这短暂的、残酷的一瞬，没有任何理由可以拘束生命，压抑它的自由。压抑的一生也是一生，自由奔放的一生也是一生。

所以没有理由不自由奔放。

  自由就是选择，选择就是自由。当我们出于自由意志做出选择时，我们就是自由的。不做选择，任由环境和他人来决定自己怎么做，怎么想，那就是不自由的。世界上有些人不愿做选择，不会做选择，只是任由环境、他人和际遇来决定自己的命运，这样的人就比较接近一朵花、一只小鸟和一块岩石。而越是积极选择的人，越是接近生命的巅峰状态，越是自由。

  参透的人是自由的人，不是必然的人。当人仍旧活在必然中时，他的所作所为、所思所想都是由环境决定的。而当人参透一切之后，即看穿了世界和人生之后，他就自由了。他的所作所为、所思所想不再受环境的约束，有了大量的偶然性，大量的突发奇想，随心所欲。这就是生命的自由意志。

  生命的美好源于其自由。一个美好的生命一定是自由的。只有永远追逐自由的生命才是美好的。

出世与入世

人要想真正活得轻松自如，唯一的选择是出世。只要入世，无论是国事家事，亲情友情，都会像缚在翅膀上的铅坠，令人无法飞翔。

人的心总是向往着自由飞翔，就像雪山间、碧空中自由飞翔的鹰隼。它悠然自得，目空一切，无忧无虑，随着旋转的山风自由地翱翔，有时扇动有力的翅膀，有时又一动不动地随风滑翔，成为一道养眼的风景。

然而，让心自由飞翔又谈何容易？人都是入世的，绝大多数人没得选择，非入世不可，比如尚未解决生计问题的人。少数已经可以选择出世的人，还是选择了入世，而不选择出世，因为出世虽然轻盈，却比较孤寂。

有一种生活态度是这样的：国事家事天下事，事事关心。即使于己无关，也事事关心。说于己无关指的是，如果你是一个政治家，国事就与你有关；如果你是一位母亲，家事就与你有关；如果你处在恶劣的生存环境中，世事还是会影响到你的存在，你不得不关心。所以，国事家事天下事统统与己无关的人原本就很少，除非你是一个生存环境差强人意、非政治家又孑然一身的人。

问题在于，当你符合选择出世的各项条件之后，是不是应当选择出世？我是倾向于做这种选择的，为了心的自由飞翔。只要心还关注着世事，只要心还纠缠在人际关系之中，就不可能获得真正的自由。世上有太多的痛苦和不公，如果你无法不看，就无法获得自由；人际关系有太多的纠缠，如果你无法超脱，就无法获得自由。所以我要痛下决心，摆脱所有的世事和关系，真正做到像梭罗在瓦尔登湖那样孑然一身，让自己的心像山间的鹰隼那样自由地翱翔。

人怎样才能从必然王国进入自由王国？

人能否自由很大程度上取决于自身的愿望，尤其在物质上没有问题之后。有的人可以终身陷自我于囹圄之中，无法自由徜徉，这囹圄就是一些陈规陋习，一些不愉快的人际关系。其实人只要愿意，就可以走出这些囹圄，过自由自在的生活。

必然和自由是哲学家最爱讨论的一对概念：人究竟生活在必然王国，还是自由王国？人怎样才能从必然王国进入自由王国？这不仅是哲学家应当思索的问题，也是普通人会遇到的问题。

从物质上看，人当然生活在必然王国，人不能自由选择成为男性还是女性，成为穷人还是富人，成为黄种人还是黑种人，成为中国人还是非洲人。这当然是从出生说起的，后来，也许人能通过人为的努力改变一些，比如从穷人变成富人，但是在物质的领域，或者说现实的领域，人基本上属于必然王国，没有多少自由可言。

但是，在精神领域，人却可以从必然王国进入自由王国，人的精神可以自由飞翔，可以随意在喜怒哀乐爱恶欲中自由选择，随心所欲。如果你想要精神的平静状态，应当可以做到；如果你想要精神的愉悦状态，也应当可以做到；如果你想沉溺在痛苦之中，无疑也可做到。在精神领域，人完全可以真正做到自由奔放随心所欲。所有的物质条件、肉体界限都可以逾越，比如你可以爱你在现实中绝对无法爱的人，做在现实中绝对无法做的事。虽然只是在想象之中，却可以得到与现实中一模一样的精神体验。

在精神上进入自由王国并不是精神胜利法——阿Q式的一边挨打一边念着"儿子打老子"。而是说，人无法在物质上摆脱必然，但是可以在精神上摆脱必然。比如人身体有病，但是在精神上可以是健康的；人身体老去，但是在精神上可以是年轻的；甚至当人身陷真实而非象征的囹圄时，精神上也可以是自由的。

由此可以知道，所有的精神上的不自由都是自找的，自己情愿的，比如让自己的精神受到某些社会习俗的约束，受到某些价值观念的约束，受到某些教条理论的约束，以为这个不可以想，那个也不可以想，把自己的精神关进监狱。有个古代的笑话：一家人很穷，吃不起鱼，所以就在饭桌上方挂一条咸鱼，吃一口米饭，看一眼咸鱼。有一天，父亲看到儿子吃饭时多看了一眼咸鱼，遂摇头叹息，责备儿子说："你就不怕被齁到吗？"那些把自己的精神关进监狱的人就像这位令人笑倒的老人家，人在现实中吃不到鱼的情况是经常发生的，但是在精神上完全可以变成饕餮，尽享人间美味，如果因为怕被精神的咸鱼齁到而不敢多看一眼，那人活得该有多么不自由啊！

活过，爱过

悼王小波

日本人爱把人生喻为樱花,盛开了,很短暂,然后就凋谢了。小波的生命就像樱花,盛开了,很短暂,然后就溘然凋谢了。

小波就是这样,在他精神之美的巅峰期与世长辞。

我只能这样想,才能压制我对他的哀思。

在我心目中,小波是一位浪漫骑士,一位行吟诗人,一位自由思想者。

小波这个人非常浪漫。我认识他之初,他就爱自称为"愁容骑士",这是堂吉诃德的别号。小波生性相当抑郁,抑郁既是他的性格,也是他的生存方式;而同时,他又非常非常浪漫。

我是在1977年初与他相识的。在见到他这个人之前,先从朋友那里看到了他手写的小说。小说写在一个很大的本子上。那时他的文笔还很稚嫩,但是一种掩不住的才气已经跳动在字里行间。我当时一读之下,就有一种心弦被拨动的感觉,心想:这个人和我早晚会有点什么关系,我想这大概就是中国人所说的缘分吧。

我第一次和他单独见面是在光明日报社,那时我大学刚毕业,在那儿当个小编辑。我们聊了没多久,他突然问:"你有朋友没有?"我当时正好没朋友,就如实相告。他单刀直入地问了一句:"你看我怎么样?"我当时的震惊和意外可想而知。他就是这么浪漫,率情率性。后来我们就开始通信和交往。他把情书写在五线谱上,他的第一句话是这样写的:"做梦也想不到我会把信写在五线谱上吧。五线谱是偶然来的,你也是偶然来的。不过我给你的信值得写在五线谱里呢!但愿我和你,是一支唱不完的歌。"我不相信世界上有任何一个女人能够抵挡如此的诗意,如此的纯情。被爱已经是一个女人最大的幸福,而这种幸福与得到一种浪漫的骑士之爱相比又逊色许多。

我们俩都不是什么美男美女,可是心灵和智力上有种难以言传的吸引力。我起初怀疑,一对不美的人的恋爱能是美的吗?后来的事实证明,两颗相爱的心在一起可以是美的。我们爱得那么深。他说过的一些话我总是忘不了。比如他说:"我和你就像两个小孩子,围着一个神秘的果酱罐,一点一点地尝它,看看里面有多甜。"那种天真无邪和纯真诗意令我感动不已。再如他有一次说:"我发现有的女人是无价之宝。"他这个"无价之宝"让我感动极了。这不是一般的甜言蜜语。如果一个男人真的把你看作是无价之宝,你能不爱他吗?

我有时常常自问,我究竟有何德何能,上帝会给我小波这样的礼物呢?去年(1996年)10月10日我去英国,在机场临分别时,我们虽然不敢太放肆,在公众场合接吻,但他用劲搂了我肩膀一下作为道别,那种真情流露是世间任何事都不可比拟的。我万万没有想到,这一别竟是永别。他转身向外走时,我看着他高大的背影,在那儿默默流了一会儿泪，没想到这就是他给我留下的最后一个背影。

小波虽然不写诗，只写小说和随笔，但是他喜欢把自己称为诗人，行吟诗人。其实他喜欢韵律，有学过诗的人说，他的小说你仔细看，好多地方有韵。我记忆中小波的小说中唯一写过的一行诗是在《三十而立》里："走在寂静里，走在天上，而阴茎倒挂下来。"我认为写得很不错。这诗原来还有很多行，被他划掉了，只保留了发表的这一句。小波虽然以写小说和随笔为主，但在我心中他是一个真正的诗人，他的身上充满诗意，他的生命就是一首诗。

恋爱时他告诉我，十六岁时他在云南，常常在夜里爬起来，借着月光用水笔在一面镜子上写呀写，写了涂，涂了写，直到整面镜子变成蓝色。从那时起，那个充满诗意的少年，云南山寨中皎洁的月光和那面涂成蓝色的镜子，就深深地印在了我的脑海中。

从我的鉴赏力看，小波的小说文学价值很高。他的《黄金时代》和《未来世界》两次获《联合报》文学大奖，他的唯一一部电影剧本《东宫西宫》获阿根廷国际电影节最佳编剧奖，并成为1997年戛纳电影节入围作品，使小波成为在国际电影节为中国拿到最佳编剧奖的第一人，这些可以算作对他的文学价值的客观评价。他的《黄金时代》在大陆出版后，很多人都极喜欢。有人甚至说：王小波是当今中国小说第一人，如果诺贝尔文学奖将来有中国人能得，小波就是一个有这种潜力的人。我不认为这是溢美之词。虽然也许其中有我特别偏爱的成分。

小波的文学眼光极高，他很少夸别人的东西。我听他夸过的人有马克·吐温和萧伯纳。这两位都以幽默睿智著称。他喜欢的作家还有法国的杜拉斯、图尼埃尔、尤瑟纳尔、卡尔维诺和伯尔。他特别不喜欢托尔斯泰，大概觉得他的古典现实主义太乏味，尤其受不了他的宗教说教。小波是个完全彻底的异教徒，他喜欢所有有趣的、飞扬的东西，他的文学就是想超越平淡乏味的现实生活。他特别反对车尔尼雪夫斯基的"真即是美"的文学理论，并且持完全相反的看法。他认为真实的不可能是美的，只有创造出来的东西和想象的世界才可能是美的。所以他最不喜欢现实主义，不论是所谓社会主义、现实主义还是古典的现实主义。他有很多文论都精辟之至，平常聊天时说出来，我一听老要接一句："不行，我得把你这个文论记下来。"可是由于懒惰从来没真记下来过，这将是我终身的遗憾。

小波的文字极有特色。就像帕瓦罗蒂一张嘴，不用报名，你就知道这是帕瓦罗蒂，胡里奥一唱你就知道是胡里奥一样，小波的文字也是这样，你一看就知道出自他的手笔。

有人说，在我们这样的社会中，只出理论家、权威理论的阐释者和意识形态专家，不出思想家，而在我看来，小波是一个例外，他是一位自由思想家。自由人文主义的立场贯穿在他的整个人格和思想之中。读过他文章的人可能会发现，他特别爱引证罗素，这就是所谓气味相投吧。他特别崇尚宽容、理性和人的良知，反对一切霸道的、不讲理的、教条主义的东西。我对他的思路老有一种特别意外惊喜的感觉。这就是因为我们长这么大，满耳听的不是些陈词滥调，就是些蠢话傻话，而小波的思路却总是那么清新。这是他最让人感到神秘的地方。

小波在一篇小说里说：人就像一本书，你要挑一本好看的书来看。我觉得我生命中最大的收获和幸运就是，我挑了小波这本书来看。我从 1977 年认识他到 1997 年与他永别，这二十年间我看到了一本最美好、最有趣、最好看的书。作为他的妻子，我曾经是世界上最幸福的人；失去了他，我现在是世界上最痛苦的人。小波，你太残酷了，你潇洒地走了，把无尽的痛苦留给我们这些活着的人。虽然后面的篇章再也看不到了，但是我还会反反复复地看这二十年。这二十年永远活在我心里。我觉得，小波也会通过他留下的作品活在许多人的心里。樱花虽然凋谢了，但它毕竟灿烂地盛开过。

我想在小波的墓碑上写上司汤达的墓志铭(这也是小波喜欢的)：生活过，写作过，爱过。也许再加上一行：骑士、诗人，自由思想者。

我最最亲爱的小波，再见，我们来世再见。到那时我们就可以在一起一百年，一千年，一万年，再也不分开了！

四月是最残忍的月份

四月十一日(2006年)是小波去世九周年的日子。我想起了英国诗人艾略特的一个诗句：四月是最残忍的月份。这句诗出自《荒原》，过去读过，只是觉得奇怪：诗人要表达的是什么呢？为什么四月是最残忍的月份？为什么不是七月？为什么不是十二月？听上去这并不是一个理性的判断。但是诗人肯定感觉到了什么。

小波去世之后，这个诗句骤然炸响在我耳边，使我感到前所未有的震惊和诡秘。震惊之余，我仔细琢磨这句诗的含义，心中模模糊糊有了一些感觉。我想，诗人对四月的感觉可能是：春回大地，万物复苏，新的生命拼命破土发芽，以它们盲目的、生猛的生命力破坏掉所有生命力不够强劲的物种，不顾一切地生长和绽放，使人们在赞叹它们的力量的同时，对逝去的一切感到黯然神伤。所以诗人说：四月是最残忍的月份。

这些日子，北京的杨树、柳树都发芽了，最早是迎春花开了，之后是桃花，然后是樱花。整个城市发散着一种姹紫嫣红的气息。在一周之前，我走在路上，看着绿的树和红的花，想道：九年前的今天，小波的生命还剩下七天的时候，他知道吗？他感觉到了吗？今天，我又走在路上，想着九年前的今天，小波给在英国剑桥大学的我发出了最后一封电子邮件，他写道：北京风和日丽，我要到郊区的房子去看看了。可是就在次日凌晨，他的生命飘然而去。这对于正当壮年的他是多么残忍。这对于我又是多么残忍。如果我是艾略特，我怎能不说：四月是最残忍的月份！

小波就这样在这残忍的四月残忍地离我而去。现在的他，已经在一个脱离了肉体而只有精神的地方了。他远离了世俗的一切。他远离了世间所有的美好，也远离了世间所有的丑陋。他远离了爱情、亲情和我对他的思念，重新成为一个孤独的灵魂。他俯视着我们，他俯视他曾深爱的一切。

幸运的是，他留下了一些闪光的文字。就像小波在年轻时有一次所写的："这是我一生最美好的时刻，我站在那一个门槛上，从此我将和永恒连结在一起……因为确确实实地知道我已经胜利，所以那些燃烧的字句就在我眼前出现，在我耳中轰鸣……"我想，那是他感觉到自己已经写出了一些真正能够不朽的文字时的欣喜体验。小波用他的文字继续保留着他的生命。其实，他并不是那些已经逝去的，而是正在欣喜地欢歌着、生长着的，在这残忍的四月。

花开花落

十七年前的今天，永失我爱。念及小波音容笑貌，不禁潸然泪下。想起他死前的那两声呼唤，其中含有多少惊慌痛苦，真是痛彻心扉。如今，他的生命和写作已经成为千百万人的共同记忆，他因此而不朽。

小波的早逝令人痛感生命的短暂。这是一个真切而残酷的事实，没有力量能够改变，只能默默承受。生者的几十年时间在宇宙中也不过是一瞬而已，所有的生命也不过是一瞬而已。

虽然人的肉身永远不可能飞离地面，但是灵魂却可以偶尔飞离，腾空而起，俯瞰人间世。

当俯瞰人间时，由于有了距离，所有的尘世事物变小，变轻。无论在地面上多么沉重的事情，似乎都变得可以承受了，可以容忍了，可以让它过去了。

人间有太多的痛苦、太多的烦恼，如果不偶尔取俯瞰的角度，如何可以承受？生老病死，生离死别，今天这个走了，明天那个走了，而且是永远地逝去，再也不会回来。即使是寿终正寝，也令人无法释怀,更不要说猝死。昨天还活泼泼的,今天就香消玉殒,驾鹤西去,怎能不令人扼腕叹息、痛心疾首?只有俯瞰,才能使心情复归平静,才能有继续活下去的力量。

当俯瞰人间时,能够变得超脱一些。俯瞰人间世,人们汲汲于名利,像没头苍蝇一样忙忙乱乱,嘤嘤嗡嗡,大惊小怪,捶胸顿足,今天涌到东,明天涌到西,最后不知所终。当俯瞰这一切时,人会深切感到:为什么要这样?不如静静地待一会儿,看生命转瞬即逝。所有的忙乱都无足轻重,所有的得失都不值一哂。

在小波忌日默想:生命如花开花落。人生是如此短暂,恰如美丽的花朵,从含苞待放,到迎风怒放,到枯萎凋谢,只是一瞬而已。

黛玉葬花时在想什么?是否想到生命如落花,转瞬即逝?

"感时花溅泪,恨别鸟惊心。"也许写的是一般的时事和暂别,但是也可理解为时间和永别。时间和生命无情流逝,转眼就是百年永别之际。

时间如白驹过隙,人的生命又何尝不是如此?

"高堂明镜悲白发,朝如青丝暮成雪。"人生如蜉蝣,朝生暮死而已。

生命是如此短暂,如此残酷,但是它又是如此美丽,所以人们总是把生命比作花朵。自然界的花朵尽管美丽,却只是自生自灭,无知无觉;而人的生命的美丽却是完全自觉的,因为人有感官和智慧,能够从微观角度关注自身,从宏观角度关注人类。人可以看到生命的美丽、个体生命的美丽和人类作为一个整体的生命的美丽。

既然生命是如此短暂,如此美丽,让我们珍视它的每时每刻、每分每秒，即使短暂地停留，也当是诗意地栖居，让自己的生命充满美丽和诗意。

让灵魂偶尔飞离地面吧，俯瞰人间世。

爱情回味

与小波相爱实在是上天送给我的瑰宝，回忆中全是惊喜、甜蜜，小波的早逝更诗化了这段生命历程，使它深深沉淀在我的生命之中，幸福感难以言传。

最初听说他的名字是因为一部当时在朋友圈子里流传的手抄本小说《绿毛水怪》。不但是"水怪"，还长着"绿毛"，初看之下有些心理不适，但是小说中显现出来的小波的美好灵魂对我的灵魂产生了极大的吸引力。当然，有些细节上的巧合：当时，我刚刚看完陀思妥耶夫斯基的一本不大出名的小说《涅朵奇卡·涅茨瓦诺娃》。这本书中的什么地方拨动了我的心弦。作品中的主要人物都是一些幻想者，他们的幻想碰到了冷酷、腐朽、污浊的现实，与现实发生了激烈的冲突，最后只能以悲惨的结局告终。作品带有作者神经质的特点，有些地方感情过于强烈，到了令人难以忍受的程度。书中所写的涅朵奇卡与卡加郡主的爱情给人印象极为深刻，记得有二人接吻把嘴唇吻肿的情节。由于小波在《绿毛水怪》中所写的对这本书的感觉与我的感觉惊人地相似，产生强烈共鸣，使我发现了心灵的相通之处，自此对他有了"心有灵犀"的感觉。

第一次见到他是跟一个朋友去找他爸请教学问方面的问题。我当时已经留了个心，要看看这个王小波是何方神圣。一看之下，觉得他长得真是够难看的，心中暗暗有点失望。后来，刚谈恋爱时，有一次，我提出来分手，就是因为觉得他长得难看，尤其是跟我的初恋相比，那差得不是一点半点。那次把小波气了个半死，写来一封非常刻毒的信，气急败坏，记得信的开头列了一大堆酒名，说，你从这信纸上一定能闻到二锅头、五粮液、竹叶青……的味道，何以解忧，唯有杜康。后来，他说了一句话，把我给气乐了，他说："你也不是那么好看呀。"心结打开了，我们又接着好下去了。小波在一封信中还找了后账，他说：建议以后男女谈恋爱都戴墨镜前往，取其防止长相成为障碍之意。

小波这个人，浪漫到骨子里，所以他才能对所有的世俗所谓"条件"不屑一顾，直截了当凭感觉追求我。当时，按世俗眼光评价，我们俩根本不可能走到一起：我大学毕业在光明日报社当编辑，他在一个全都是老大妈和残疾人的街道工厂当工人；我的父母已经恢复工作，他的父亲还没平反；我当时已经因为发表了一篇被全国各大报转载的关于民主法制的文章而小有名气，而他还没发表过任何东西，默默无闻。

我们第一次单独见面，他就问我有没有朋友，我那时候刚跟初恋情人分手不久，就如实相告。他接下去一句话几乎吓我一跳，他说："你看我怎么样？"这才是我们第一次单独见面呀。他这句话既透着点无赖气息，又显出无比的自信和纯真，令我立即对他刮目相看。

后来，小波发起情书攻势，在我到南方出差的时候，用一个大本子给我写了很多未发出去的信。就是后来收入情书集中的"最初的呼唤"。由于他在人民大学念书，我在国务院研究室上班，一周只能见一次，所以他想出主意，把对我的思念写在一个五线谱本子上，而我的回信就写在空白处。这件逸事后来竟成恋爱经典：有次我无意中看到一个相声，那相声演员说，过去有个作家把情书写在了五线谱上……这就是我们的故事啊。

我们很快陷入热恋。记得那时家住城西，常去颐和园，昆明湖西岸有一个隐蔽的去处，是一个荒凉的小岛，岛上草木葱茏，绿荫蔽天。我们在小山坡上尽情游戏，流连忘返。这个小岛被我们命名为"快乐岛"。

从相恋到结婚有两年时间。因为小波是78级在校大学生，我们的婚礼是秘密举行的。那是1980年，他是带薪学生，与原工作单位的关系没有断绝，所以能够开出结婚证明来。即使这样，我还是找了一位在办事处工作的老朋友帮助办的手续，免得节外生枝。我们的婚礼就是两家人一起在王府井的烤鸭店吃了顿饭，也就十个人，连两家的兄弟姐妹都没去全。还有就是他们班的七八个同学秘密到我家聚了一次。还记得他们集体买了个结婚礼物，是一个立式的衣架，由骑自行车的高手一手扶把一手提着那个衣架运到我家。那个时代的人们一点也不看重物质，大家的关系单纯得很。

在小波过世之后，我有一天翻检旧物，忽然翻出一个本子上小波给我写的未发出的信，是对我担心他心有旁骛的回应："……至于你呢，你给我一种最好的感觉，仿佛是对我的山呼海啸的响应，还有一股让人喜欢的傻气……你放心，我和世界上所有的人全搞不到一块，尤其是爱了你以后，对世界上其他一切女人都没什么好感觉。

有时候想,要有个很漂亮的女人让我干,干不干?说真的,不会干。要是胡说八道,干干也成。总之,越认真,就越不想,而我只想认认真真地干,胡干太没意思了。"

在我和小波相恋相依的二十年间,我们几乎从来没有吵过架、红过脸,感受到的全是甜蜜和温暖,两个相爱的灵魂相偎相依,一眨眼的工夫竟过了二十年。我的生命因为有他的相依相伴而充满了一种柔柔的、浓浓的陶醉感。虽然最初的激情早已转变为柔情,熊熊烈火转变为涓涓细流,但是爱的感觉从未断绝。春蚕到死丝方尽,蜡炬成灰泪始干。就这样缠缠绵绵二十年。这样的日子我没有过够,我想一生一世与他缠绵,但是他竟然就那么突然地离我而去,为我留下无尽的孤寂和凄凉。

我的编年史

我跟冯唐还不大熟的时候,有一次问他:"你觉得自己是个讲故事的人,还是故事中的人?"他答:"恐怕主要还是个观察和讲述之人。"在我准备写自传的时候,这是一个在心头萦绕不去的问题——总觉得只有人生故事的主人公才应当写自传,如果人生没啥故事,只是写故事的,就不应当写自传。按照这个标准,只有历史人物才可以写自传,历史上没有一笔的就不该写。

直到看到格里耶的自传,才觉得自己没准儿也可以写写。他就是一位作家,这辈子做的事就是写小说,拍电影,他自己的人生除了每个阶段的感受,也没啥故事。既然他可以写,我也就可以写,或者说可以写像他那样的自传:不是足以载入历史的人生故事,而只是一些思考和感受的片段。

1952年:出生

我出生在一个普通的干部家庭。爸爸妈妈都是后来被叫作"三八式"的干部。他们是1938年红军到达陕北后奔赴延安的一代知识青年中的两个。他们的"仕途"不算太坎坷，所以我感受到的生活压力也不算太大。

父母的感情似乎也有过一点问题，但是他们都很小心地掩饰过去了。所以直到我过了青春期，从来都没听到过什么关于他们的坏话，差不多算得上是在一个"和谐家庭"环境中长大的孩子。我的心理之所以发展得比较健康，大概同我生长的过程中从来没有受过太大的精神创伤有关。这个生长环境给我带来的唯一负面影响就是：我思想不容易深刻，情绪不容易激进，成功的动力不容易太大——因为从来没有缺过什么，也没有过什么大的挫折感，于是也就没有太多强烈的渴望。

我的小名值得一提：我出生时正当"反贪污、反浪费、反官僚主义"的"三反运动"如火如荼之时，从小我学会的第一首儿歌就是"反贪污，反浪费，官僚主义我反对"。由于父母一辈子搞新闻，政治嗅觉比较敏感，政治热情比较充沛，所以给我起个小名叫"三反"，我一直到七岁上小学之前，都叫这个名字。王小波和我同年出生，所以他刚认识我的时候，好一阵子不能习惯我的小名，他曾用难以掩饰的厌恶声调抱怨过："你的小名怎么这么难听啊！"

1958 年：娘娘庙的学前班

我开始记事似乎相当晚。一生中最早的印象是妈妈要把我送到一个人民日报幼儿园办的学前班去，我闹着不去。我围着院子里的一个花坛在前面跑，妈妈在后面追。追呀追，追不上我。妈妈后来是生气了，还是笑了，我都没印象了。因为我没有上过幼儿园，所以不想去上什么学前班。当然，最后的结果是胳膊拧不过大腿，还是去了。

那个学前班在一个有个怪名字的胡同里,叫娘娘庙。学前班是住宿的,每礼拜一送去,礼拜六回家。遥远的记忆中还有我们那些小朋友在娘娘庙排队上厕所的情形。我之所以对上厕所印象深是因为老师不允许我们起夜,所以每个小朋友临睡觉上厕所时都蹲着不肯出来,想尿得干净些,再干净些,免得夜里憋尿时难过。

我性格中最大的弱点就是超乎寻常的腼腆,总是动不动就脸红到脖子根。所以我最难堪的记忆是在娘娘庙的时候,老师让我当班长,每天早上要喊"起立",这真是差点要了我的命。我记忆中,喊这个"起立"真是太难了,心跳得不行,怎么使劲儿也喊不出来。我经过这样的折磨,长大以后居然没有得心脏病,真是一件侥幸的事。

记得那个幼儿园坐落在一个旧式的四合院建筑里,院子里有九曲回廊。我们班里给我印象最深的是一个小男孩,好像叫×新华,他每天傍晚都会坐在廊子里给我们讲《三国演义》《水浒传》里面的故事。我当时听得似懂非懂,但是十分入迷,觉得他特别了不起,怎么会讲那么多大人的故事,还讲得那么声情并茂,有板有眼。他有一个习惯性动作:每讲一段,都会用手背去抹嘴角。他讲的故事我一个字也不记得了,可是他这个抹嘴的动作却永远地留在了我的记忆中。

1959 年:北京第一实验小学

我们那会儿入学考试好像很简单。记得考了汉语拼音的第一个字母 A。老师在黑板上写了一个大大的"A",认得就行了。别的不记得还考了些什么。

我从来都是好学生、乖孩子，学习对我来说从来不是一件困难的事情。可能这点有遗传因素——我爸爸小时候上学从来都是第一名。他四岁死了父亲，是伯伯养大他的。他们家是贫农，伯伯为了供他上学竟然不让自己的亲生儿子上学。一个是因为爸爸的确念书念得好，是个念书的"材料"；一个也是伯伯心太好了，一个农村的贫苦农民能有这样的境界真是难能可贵。所以爸爸一进城就把伯伯从老家接了来，一直供养他到去世。长兄如父这句古话在我伯伯那里完全是真事。爸爸对他尊崇备至，他是当之无愧的。

说是遗传好还有一些证据，那就是我的哥哥姐姐以及他们的小孩也都个个是出类拔萃之辈。大姐二姐全考上哈尔滨军工大学；二姐参加中学生数学竞赛，曾代表获奖者讲话，上了报纸；哥哥中学得金质奖章，那可必须是全五分的，有一个四分都不成；哥哥的女儿十四岁上清华，十八岁考取美国杜克大学，小小年纪已经在霍普金斯大学当老师了；姐姐的儿子也是实验中学的优秀生，学校要保送他上清华，他嫌专业不好，自己考上清华计算机系。

我这辈子没有正规考过什么试，所以完全不知道自己的程度究竟如何。感觉上似乎我智力的极限从来没有受到过真正的挑战，从没觉得什么东西难得学不会过。我们小学由于是师范大学的附属小学，所以有时会有实验性质的来自北师大的测验。有一次，全班参加一个算术测验，跟平时上课测验不一样的是，这个卷子设计的题量特别大，是根本做不完的，只是要求我们能做多少做多少。我交卷时感觉不太好，因为没有做完，这在我的考试史上还是第一次。过了些日子，我已经忘记了这次考试，可是突然我当着全班同学的面，得到了来自师范大学的一根铅笔的奖励，说我是那次测验的第一名，也是唯一的获奖者。我的虚荣心得到了一次意外的满足。

值得一提的是，我们生长的年代，出身的重要性渐渐显现。大约在小学五年级，我们合唱团的孩子要参加大型音乐史诗《东方红》的伴唱。而合唱团一个唱歌很好也长得很漂亮的女生却没有被选中去参加演出，大家议论纷纷，据说是因为她"家庭出身不好"。从那时起，我们有了"家庭出身"的概念，这对于我们这些十来岁的孩子来说是一个带着神秘色彩的概念。

我小学毕业升中学的作文写的是参加《东方红》演出见到毛主席的事，不知道为什么被《中国少年报》刊登了，后来又收入了什么范文选里。这是我的文字第一次变成铅字。还记得《少年报》那文章的结尾处画了一个小男孩，可能是我的名字让人莫辨男女吧。结果有好多小朋友给我写信来，有个小男孩写信来说："我想要一个乒乓球拍子，你能送我一个吗？"信我当然都没回，只是自己乐了半天。后来，为了这篇作文我还受到教育局的召见。其中一个老师问起我父母的工作，我回答说："他们是人民日报的。"老师应声说道："怪不得呢。"当时这话让我很吃惊，很费思量，不明白我的作文和父母的工作有什么关系，因为他们从来没有关注或辅导过我做作文。长大了我才明白了二者之间的逻辑关系——原来父母的工作与写作有关呀。

1969年：内蒙古生产建设兵团

从1969年开始，全国掀起知识青年上山下乡的狂潮。我一开始被分配到吉林插队，后来内蒙古生产建设兵团的人来招兵，我去申请时怕人不要我，竟然写了血书去申请。那是我一生中头一次也是唯一一次写血书。我的申请终于被批准了——看来家里问题还没有大到不让我去"屯垦戍边"的程度。

去内蒙古生产建设兵团是我人生的第一课。那是在1969年至1971年，我的十七岁到十九岁。那是我第一次离开家。生活的艰苦倒在其次，精神上的痛苦是我人生路上的第一个考验。

那时我所在的地方是个农区。我们干得很苦，带着年轻人的全部理想主义和狂热。残酷的现实把我们的理想主义打得粉碎——当地由于尽是盐碱地，有灌无排，亩产只有七十斤，而种子每亩就要用掉三十斤；所挖出来的水渠，几场风沙就被填平……上帝惩罚西西弗斯，让他把大石推上山冈，然后滚下山脚，重新再推。我们在那些拼死的劳作中找到了西西弗斯的感觉。

所以，当我三年后从内蒙古回到北京的家，再见到过去的家园，就有了一种恍若隔世的感觉。还记得我回到北京后，与中学时的旧友相聚。聊了一阵，她突然抬手看看表，说："哎呀，我要走了，我还没写完小组总结呢！"我马上开始发愣，觉得听到的好像是上辈子的事，这位朋友是留在我上辈子中的一个人，一个记忆。它显得那么不真实，或者说有一种重回娘胎的感觉。那时的我，感觉已像是一个饱经沧桑的老年人，虽然当时我才刚满二十岁。一切的天真烂漫已经离我远去，我受不了它，无论见到以什么形式出现的天真烂漫，都会使我感到不知所措，甚至会引起一种轻微的反感。

我记得在我刚从内蒙古回到北京时，心中常常感到惶惑，仿佛失落了什么，并且为失落的东西而隐隐发痛。我感到心中一些最美好的东西被毁掉了，丧失了。这种感觉使人痛苦，但它又不完全是一种后悔的感觉。这是一种离开童年进入成年的感觉。虽然心中那些脆弱的真善美被现实掩埋了,驱散了,但是我并不后悔,心里反而觉得比以前更踏实了,更成熟了,更有力量了。从这段磨难以后,没有什么样的生活我不能忍受;没有什么样的苦难我不能承受;没有什么人能使我再轻易地相信什么。

我们那一代人都喜欢小托尔斯泰的一句话:在清水里泡三次,在血水里浴三次,在碱水里煮三次,我们就会干净得不能再干净了。有赎罪情结的俄罗斯知识分子总是准备受这样痛苦的洗礼,我们当时虽然根本算不上是知识分子,连知识青年的称号对于我们当时的那点学历来说都相当勉强,但是,我们的这段生活经历并非毫无价值,毫无意义。痛苦的现实生活的煎熬使我们在二十岁时就成熟起来,而现在的孩子们在这个岁数还在大学过着无忧无虑、对生活充满憧憬的学习生活呢。

1972 年:读书

从内蒙古回来之后,报不上北京户口,我有整整半年的待业时间。在这段时间里,我看了能找到的所有的外国文学名著。家里有收藏,还有报社父母的几位老同事家里也有收藏。我当时看书的饥渴感觉和疯狂劲头只有一个成语能确切表达,那就是"饮鸩止渴",就是毒药也要把它喝下去。因为在那个年龄,在文化沙漠和物质沙漠上一待就是三年,精神实在是饥渴到了极点,根本顾不上喝下去的是什么东西。

后来我看到托尔斯泰对儿子看书的一个指导思想,他不主张孩子在太年幼的时候看好书,因为年幼使他缺乏理解力,而许多世界名著的第一次阅读的印象是不可复得的。换言之，如果在缺乏理解力的年龄第一次阅读了某书，就可能把这个宝贵的第一印象糟蹋了，等成熟之后再读，理解倒是理解了，初次读到好书时的快感却不可失而复得。我对照了一下托尔斯泰的想法，我读这些世界名著的年龄刚刚合适：二十岁，有了一点理解力，年龄也没有大到感受不到激情的时候。我心里暗自庆幸。

读书的结果确实是终身受益无穷的：在世界文学宝库中的这次漫游使我获得了基本的审美鉴赏力，获得了脱离愚昧环境的世界观和人生观。我当时的感觉是，我从此似乎得到了一张特殊的入场券，拿着这张入场券，我将能够开启一道神秘的大门，大门洞开之后，我看到满眼的珍宝，而其中最宝贵的一件珍宝就是一个幸福的人生。

1973 年：山西农村

从这一年的 4 月开始，我在山西农村——父亲的老家待了两年。我住在姑姑家，姑姑对我很好。姑父是个阴阳先生，有点神神叨叨的。老乡很朴实。我那段时间只做两件事，一是下地干活，二是抽空读书。

农村给我印象最深的是清晨的气味。早饭前我们年轻人就出去干第一班活了。走在庄稼地里，空气中有一种沁人心脾的甜丝丝的味道。深深吸一口，好像能受用一整天，如果不是一辈子的话。那是我对农村生活最美好的记忆。

干活对我来说是小菜一碟——经过之前高强度、重体力劳动，山西农村妇女干的那点活简直像玩儿一样。山西农村的妇女原本是不下地干活的，只做家务、生孩子、养孩子，干完家务就串串门、聊聊天打发日子。估计是从集体化以后，妇女才开始干大田里的活。

尤其是知识青年插队后,引起村里的大姑娘小媳妇一阵惊慌:这些女娃把工分都挣走啦。虽然一个工分也就值几分钱,可那也是钱呀。村里成立了铁姑娘队,我还当过一任铁姑娘队长。看她们挑两小筐土还被压得晃晃悠悠的样子,我就暗暗好笑:我们在兵团挑的土可要比这重一倍也不止呢。

当时倒是见识了一些民俗,像婚丧嫁娶一类的,蛮有趣的。后来我做了社会学,对民俗这一块有相当的兴趣,没准就是那个时候埋下的种子。

记得有一次,村里有人娶媳妇要闹洞房,我也傻呵呵地往里闯,结果被一个表情很威严的老婆子挡了驾。这在我看来是很意外的,因为我姑父在村里有点地位,姑姑人缘也好,平常大家对我都是客客气气的。这回却不然,老婆子脸上一副凛然不可侵犯的表情,她代表的是民俗的权威——女人绝对不能涉足这种场合。我当时也是肃然起敬,很失落地走开了。

考大学时写作文写的就是农村生活,这跟我平常坚持写农村生活笔记有关。当然,心里也隐隐有个文学的梦,记录插队生活有采风的感觉,可惜这个梦就像我爸爸有一次所说:每个人在二十岁的时候都是一个文学青年。我爸爸当年在抗大时还写过歌词呢,是郑律成谱的曲,被人们广为传唱,可他最终还是改了行。文学永远是我理想的最高境界,但是它高不可攀,可望而不可即。我的理想只能由王小波来实现了。王小波之所以能成为我的选择,部分原因就藏在我的文学之梦中。

1974年：山西大学

我上大学的经历也许是世界上最奇怪的一种上学经历了。说它奇怪，一个是指进学校的方式，另一个是指在学校学习的方式。

记得我第一次试图进大学是在1973年，那年我没进去。

当时我已经作为只上了一年中学就上山下乡的知识青年，经过了在内蒙古生产建设兵团的三年和山西农村一年的重体力劳动。那年我二十一岁，正在山西沁县插队。那里是我父亲的老家，他去太原师范读书前就在那里。记得我在坐长途汽车去沁县的路上，看着那蜿蜒曲折的盘山路，心里曾暗暗地想：当年爸爸就是从这儿走出去的，去太原，去延安，后来就到北京去了。想到这里，一个小小少年走出大山的身影使我隐隐地有些感动。他当年是怎么去的呢？一定是走着去的。因为他们家里穷，恐怕出不起车费的。

我们那年上大学还是考了试的，记得为了应付考试，我请二姐帮我恶补数理化，因为我只上完初一，虽然是在当时北京录取分数线最高的学校——北京师大女附中，有当时中学最好的师资，但是我就连物理、化学都没学过。我姐姐小时候参加北京数学竞赛获过奖，曾代表所有的获奖者讲过话。后来她以上清华都绰绰有余的高分进入了军事工程学院，因为他们那个时代的年轻人都一心要献身国防工业。让她给我讲中学数理化简直就是杀鸡用牛刀。她解答起我的问题来深入浅出，玲珑剔透，让我着迷得不行，觉得数理化简直美得像诗。由此我得出一个结论：在启蒙阶段，老师的水平至关重要，你要是能碰上我姐姐这样的老师，你准保会对最枯燥的数理化都如痴如狂。

可惜我并没有学理科。那年山西大学的老师去沁县招生，老师看了我平时读书时候的厚厚的几本笔记，看样子就有心要我。后来怎么没要我呢？我猜有句话得罪了他。他是外语系的，问我想不想学外语，我傻乎乎地说了一句实话："外语只能做工具吧。"这话是只可以在心里想，不可以说出来的。可是谁让我那时候岁数小，阅历浅呢。后来山西大学就没要我。第二年，也就是1974年，我学乖了，不敢再挑剔专业了，结果上了山西大学历史系。

我说进大学的途径奇怪，是指我们那会儿都是工农兵推荐上大学的。老乡见我干活肯卖力气才推荐我。当然还要有关系——沁县是我爸的老家，哪能没点儿关系呢。最奇怪的还是我虽然参加了考试，但是考试分数却没派上用场，所以考得好坏就毫无意义了。

二十二岁那年，我上了大学。我说这个大学的学习方式奇怪是指学生们的来历千奇百怪，尽在那里串同乡会。我们班四十多个同学，有十来个村党支部书记、副书记，来自山西省各县。由于他们知道毕业的分配原则是哪来哪去，于是就无心向学，只是热衷于去找同县来的别系的学生社交，相互提携。我当时倒是没有浪费时间。因为我从小受到节省时间的严格训练，就是在地头休息时间我也不敢放松，在那儿背英文单词。现在有了三年大好时光，哪舍得浪费呢。所以我当时真是很用功，看了不少的书。我的一个朋友看到我读书的那股狂热劲头，给了我一个评价：我觉得你就像一架上满了发条的机器，从来都不停止转动。我当时听了这个评价还有点不高兴：我当时正值妙龄，又是个女人，被人比作一架机器，能高兴得起来吗？虽然我知道他这个比喻没有恶意。

1975年：初恋

说起珍惜时间，我还没有做到完美无缺——我在大学期间经历了初恋。

这次恋爱是我的初恋，把我害得相当惨，因为我爱上了他，他却没有爱上我。对于一个女人来说，世界上最惨痛的经历就是这种明珠暗投的经历。回忆中，那段生活不能叫作生活，只能叫煎熬。

当时不知在哪里看到一句话：如果一个女人在二十三岁之前还没有陷入恋爱，她一生就不会再爱了。因为爱是迷恋，岁数一大，一切都看明白了，就不会再迷恋或者说痴迷了。我心里有点紧迫感，觉得应当恋爱了。

他就在这个时刻走入我的视野。他是我的同班同学，虽然家在当地，他的父母却跟我的父母相识，都是共产党的干部，而且做过同事。后来听爸爸说起，1949年我爸爸被指派在北京，他爸爸被指派在外地城市，他爸还来找我爸商量过两人调换的事情，我爸没有同意，所以后来我就成了北京人，他成了外地人。

他长得非常英俊，一米八的大个儿，有挺直的鼻梁和两条漂亮的眉毛，脸型瘦长，严格说是长方形，脸上起伏比较大，脸型有点像欧洲人，不像亚洲人。他笑起来有一种特殊的笑法：一边笑，一边斜睨着人。他的笑很有感染力。没过多长时间，我就能在几秒钟之内从一群人中分辨出他在还是不在。我心里明白：我爱上了他，是爱使我的感官变得敏锐。形势就是这样急转直下，我以极快的速度陷入了对他无可救药的狂热爱恋。后来看，几乎可以算一见钟情。

从那时起直到我们最终分手，痛苦的折磨就没有停止过一时一刻。这就是单恋的苦刑。因为对方对我还毫无感觉，我这边已经烧得滚烫，整个人像一根燃烧的木炭，轻轻一碰就会化为灰烬。

有一次去部队学军，我们打靶，每人打三发子弹。他打了一个7环、一个8环、一环脱靶；我打了一个8环、一个7环，也是一环脱靶。还记得当时心中暗喜，把这种纯属巧合、毫无意义的事情都当成了一种征兆，好像跟他找到了一个共同点。后来我把这个细节写进小说，作为人在狂热爱恋时完全丧失理智的证明。

打靶归来，他递给我一张巴掌大的薄薄的小纸片，上面是他用钢笔速写的我趴在地上打靶的样子。当时心中的狂喜是难以形容的，那小纸片被我当宝贝似的珍藏了很长时间。其实，他也就是那么随手一画，并没有什么特别的意思。

后来有一天，他对我说："我知道了一个秘密，你的小名叫'三反'。"

既然是工农兵学员，就有无穷无尽的学业之外的麻烦事，比如学工、学农、学军。那次忘了又是学什么，入驻晋祠，因为跟历史系的专业有点关系。我和他被分在一个小院里居住，我住北房，他住南房。那时，他家人出了一些事，他为此非常焦虑、抑郁，有时会躺在床上唱歌。小院中常常回荡着他忧郁的歌声。他嗓音很好，是一种忧郁的男中音。歌声拨动我的心弦，使我对他爱得更加如醉如痴。

我向他表明心迹之后，他的反应还不错。记得那时，我们常常在能躲开人的时候偷偷接吻。有一次险些被人撞到，我们躲在大院子旁的一个小院子里，正吻得如火如荼，突然有人找我们，在院里叫我们的名字，只要再一伸手推门，我们就会被抓个正着。记得当时心跳得仿佛打鼓一般，险些晕倒。幸亏那人走掉了，要不真不知会出什么事。

可惜，我们的恋情发展并不顺利，主要是两个人情调不同。我们虽然是同龄人，家庭背景也差不多，但是我在二十岁时有半年赋闲在家，看了我当时能找到的所有世界名著，灵魂基调因此与当时青年大为不同，在当时看，就是有了资产阶级情调，分手时，他对我说："真的欣赏不了你那情调。"

记得刚分手的时候，我坐在教室里，想用刀子割自己的手臂，因为觉得只有用肉体的疼痛才能压住心中的疼痛，因为当时精神上的痛苦是一种肉体痛苦的疼法，有过之而无不及。

初恋是美好的，也是痛苦的。我暗暗在心中安慰自己：虽然这是一次不成功的恋爱，但是我毕竟恋爱过了。这段几乎是单恋的经历令我刻骨铭心，痛彻心扉，直到王小波的出现，才把我从失恋的悲痛中解救出来。

1977年：光明日报

大学毕业后，我在光明日报社工作，出去是记者，回来是编辑。在光明日报社，我的部门是史学组。其间我写了一篇关于中国在近现代落后的文章。我在资料室里狠查了一阵资料。记得文章发了几乎一整版。后来我到上海去出差，突然发现很多我拜访的单位都把我文章中的那批资料以不同的形式挂在墙上：直方图，饼型图，花里胡哨。我估计是上海的什么宣传部门把这批数据发给了各单位，让他们搞现代化教育了。

1977年：恋爱

正是在这一年我结识了王小波。我在一个我们两人都认识的朋友那里看到了他的手抄本小说《绿毛水怪》，心里就有了这个人。后来，朋友带我去小波家，他是去向小波的父亲请教问题的，而我已存心要见识一下这个王小波了。当时觉得他的长相实在难以恭维，心里有点失望。

但是，王小波凌厉的攻势是任何人都难以抵御的。那是我们的第二次见面，也是第一次单独见面。地点是虎坊桥光明日报社我的办公室。借口是还书。我还记得那是一本当时在小圈子里流传的小说，是个苏联当代作家写的，叫作《普隆恰托夫经理的故事》，虽然此书名不见经传，但是在当时还是很宝贵的。小波一见到我，就一脸尴尬地告诉我："书在来的路上搞丢了。"这人可真行。

后来我们开始聊天，天南地北，当然更多的是文学。正谈着，他猛不丁问了一句："你有男朋友吗？"我当时刚失恋不久，就如实相告："没有。"他接下来的一句话把我吓了一跳，他说："你看我怎么样？"这才是我们第一次单独见面啊。他这种无赖态度弄得我相当尴尬，但是也感觉到他咄咄逼人的自信，心中对他已是刮目相看了。

我们开始正式谈恋爱了，虽然从世俗的标准看，一切"条件"都对他相当不利：当时我父母已经恢复工作，他的父亲还没平反；我大学(虽然只是个"工农兵学员"，但是也勉强算是上了大学吧)毕业，他是初中没毕业；我在报社当编辑，他在街道工厂当工人。但是正如小波后来说的：真正的婚姻都是在天上缔结的。经典的浪漫故事都是俩人天差地别，否则叫什么浪漫？我和他就是一个反过来的灰姑娘的故事嘛。我早就看出来,我的这个"灰姑娘"天生丽质,他有一颗无比敏感、无比美丽的心,而且他还是一个文学天才。他早晚会脱颖而出,只是早点晚点的事情。恋爱谈了一阵之后,我问过小波,你觉得自己会成为几流作家?他认真想了想,说:"一流半吧。"当时他对自己还不是特别自信,所以有一次他问我:"如果将来我没有成功怎么办?"我想象了一下未来的情景,对他说:"即使没成功,只有我们的快乐生活,也够了。"他听了如释重负。

最近,一帮年轻时代的好友约我出去散心,其中一位告诉我,小波的《绿毛水怪》在他那里。我真是喜出望外:它竟然还在!我原以为已经永远失去了它。

《绿毛水怪》这本手抄本小说严格说是我和小波的媒人。第一次看到它是在那位我们共同的朋友那里。小说写在一个有漂亮封面的横格本上,字迹密密麻麻,左右都不留空白。小说写的是一对情窦初开的少男少女的恋情。虽然它还相当幼稚,但是其中有什么东西却深深地拨动了我的心弦。

小说中有一段陈辉(男主人公)和妖妖(女主人公)谈诗的情节:

  白天下了一场雨,可是晚上又很冷,没有风,结果是起了雨雾。天黑得很早。沿街楼房的窗口喷着一团团白色的光。大街上,水银灯在半天照起了冲天的白雾。人、汽车影影绰绰地出现和消失。我们走到10路汽车站旁。几盏昏暗的路灯下,人们就像在水底一样。我们无言地走着,妖妖忽然问我:"你看这夜雾,我们怎么形容它呢?"

  我鬼使神差地做起诗来,并且马上念了出来。要知道我过去根本不认为自己有一点作诗的天分。

我说:"妖妖,你看,那水银灯的灯光像什么?大团的蒲公英浮在街道的河流上,吞吐着柔软的针一样的光。"

妖妖说:"好。那么我们在人行道上走呢?这昏黄的路灯呢?"

我抬头看看路灯,它把昏黄的灯光隔着蒙蒙的雾气一直投向地面。

我说:"我们好像在池塘的水底,从一个月亮走向另一个月亮。"

妖妖忽然大惊小怪地叫起来:"陈辉,你是诗人呢!"

从这几句诗中,小波的诗人天分已经显露出来。虽然他后来很少写诗,更多的是写小说和杂文,但他是有诗人的气质和才能的。然而,当时使我爱上他的也许不是他写诗的才能,而更多的是他身上的诗意。

小说中另一个让我感到诧异和惊恐的细节是主人公热爱的一本书——陀思妥耶夫斯基的一本不大知名的书《涅朵奇卡·涅茨瓦诺娃》。小波在小说中写道:"我看了这本书,而且终生记住了它的前半部。我到现在还认为这是本最好的书,顶得上大部头的名著。我觉得人们应该为了它永远怀念陀思妥耶夫斯基。"在我看到《绿毛水怪》之前,刚好看过这本书,印象极为深刻,而且一直觉得这是我内心的秘密。没想到竟在小波的小说中看到了如此相似的感觉,当时就有一种内心秘密被人看穿之感。小波在小说中写道(男主人公第一人称):

我坚决地认为，妖妖就是卡加郡主，我的最亲密的朋友，唯一的遗憾是她不是个小男孩。我跟妖妖说了，她反而抱怨我不是个女孩。结果是我们认为反正我们是朋友，并且永远是朋友。

关于陀思妥耶夫斯基的那本小说我如今已记忆模糊，只记得其中有这样一个情节：卡加郡主和涅朵奇卡接吻，把嘴唇都吻肿了。我看到小波对这本书的反应之后，心中暗想：这是一个和我心灵相通的人，我和这个人之间早晚会发生点什么事情。我的这个直觉没有错，后来我们俩认识之后，心灵果然十分投契。这就是我把《绿毛水怪》视为我们的媒人的原因。

在小波过世之后，我又重读这篇小说，当看到妖妖因为在长时间等不到陈辉之后蹈海而死的情节时，禁不住泪流满面。

(陈辉站在海边)大海浩瀚无际，广大的蔚蓝色的一片，直到和天空的蔚蓝联合在一起。我看着它，我的朋友葬身的大海，想着它多大呀，无穷无尽的大；多深哪，我经常假想站在海底，看着头上茫茫的一片波浪，像银子一样。我甚至微微有一点高兴：妖妖倒找了一个不错的藏身之所！我还有一些非分之想，觉得她若有灵魂的话，在海里一定是幸福的。

我现在想，我的小波就像妖妖一样，他也许在海里，也许在天上，无论他在哪里，我知道他是幸福的。他的一生虽然短暂，也不乏艰辛，但他的生命是美好的，他经历了爱情、创造、亲密无间和不计利益得失的夫妻关系，他死后人们对他天才的发现、承认、赞美和惊叹。

我对他的感情是无价的,他对我的感情也是无价的。世上没有任何尺度可以衡量我们的情感。从《绿毛水怪》开始,他拥有我,我拥有他。在他一生最重要的时间,他的爱都只给了我一个人。我这一生仅仅因为得到了他的爱就足够了,无论我又遇到什么样的痛苦磨难,小波从年轻时代起就给了我的这份至死不渝的爱就是我最好的报酬,我不需要任何别的东西了。

1978 年:国务院研究室

1978 年我被调入国务院研究室工作。我对警卫佩服至极:他们从我上班的第二周起就不看任何证件了,全凭目测。每天进出那里的人那么多,他们是怎么做到这一点的?我猜不出,只有佩服。

在这个工作岗位上容易使人产生使命感,觉得自己的所作所为与国家的命运和人民的福祉沾上了边。其实,这是一种不切实际的自我夸大。

由于缺少阅历,我想:能到这样的单位去工作,心里有的只是自豪感和责任感,甚至是一种历史感,并不明白"高处不胜寒"的道理。我只在那里待了一年,后来中国社会科学院成立马列所,我就离开了这个单位,心里并无遗憾。

在这个单位工作时,我与好友林春合写了一篇文章,标题是《要大大发扬民主,大大加强法制》。这篇文章在《中国青年》首发,然后被全国各大报纸转载,《人民日报》的转载还专门加了编者按,成为当时轰动一时的文章,也许应当算是我的"成名作"吧。正是从那篇文章开始,我的名字进入了公众视野。在纪念改革开放三十周年的评选活动中,我被评为改革人物,就是因为有人还记得当年的这篇文章，当然，跟我这三十年间的所作所为也有关系。现在想来，并不是那篇文章有什么特别深奥杰出之处，而是因为当时的中国正好需要民主和法制这两个东西。我们只不过是时代和政治的代言人而已。这就应了福柯所说的"作者消亡"的观点，他认为作者是谁并不重要，一种话语的流行只是某个时代的需要，即使不是由这个作者说出来，也会由别的作者说出来。

1979年：中国社会科学院马列所

在1979年，中国社会学复兴，源头是费孝通发起举办的一个社会学夏季讲习班。这个班的参加者认为，这个讲习班在中国社会学复兴中的意义类似于黄埔一期对于中国军队的意义。自1954年院校调整将社会学取消以来，这是在中国恢复社会学的先声。

除了跟其他几十位学员共享的意义之外，这个讲习班对于我来说还有一个特殊的意义——我在这个讲习班上结识了美国匹兹堡大学社会学系的主任霍兹纳，并随后在他的帮助下进入匹兹堡大学学习社会学，最终在1986年和1988年分别获得社会学的硕士和博士学位，走上了社会学研究的道路。

当时我着手翻译我的第一本译著《现代社会学入门》。这是一本社会学的入门书，正符合我当时的爱好。原书是一本日文书，是我和另一位同事共同翻译的。当时，我上了一个日文的短期训练班，该班只教笔译，不教口译，是个速成班。记得那个训练班远在怀柔，我当时正与王小波热恋，以致不得不鱼雁传书，互诉相思之苦。唯一的好处是因此留下了一批王小波的书信，在小波百年之后还能使我重温他的音容笑貌。

在我 1982 年去美国留学之前，这本书就翻译好了，可是由于种种原因，直到我归国之前才得以出版。以我那点日文基础，翻译这本书只能说是"初生牛犊不怕虎"。这本书更多的意义是使我对社会学有了一个初步的了解。

自从上了这个社会学讲习班，我就在心里埋葬了我所不喜欢的历史学。原因很简单：在我心中，历史永远是一些年表一样的东西，从来没有活起来，没有生命。我最终放弃了历史学，走向社会学。

1980 年：结婚

经过两年的热恋，我们结婚了。当时，小波是在校生，是不允许结婚的。但是他有一重特殊的身份——由于工作年头长，他是带薪大学生，有工作单位可以开出结婚证明书来，这就和单纯的以学校为单位的学生不同了。我们钻了这个空子。记得怕人家深问，横生枝节，我们登记时找的是我的一个好朋友，她当时正好在街道办事处工作，负责结婚登记。她打个马虎眼，我们也就蒙混过关了。那是 1980 年的 1 月 21 日。

那个年头，根本不兴搞什么婚礼，只是两家人在王府井全聚德吃了一次饭，两家一共去了十个人，兄弟姐妹都没去全，也没有什么仪式，就像亲戚聚会吃饭一样的普普通通的一顿饭。后来我听爸爸说，他们家给了五百块钱，我心里暗暗纳闷，为什么？为什么是他们家给钱，不是我们家给钱？我百思不得其解。后来学了社会学，我才悟到，这钱的性质是彩礼啊。

1982年：美国匹兹堡大学

1982年我三十岁整。俗话说：三十不学艺。可我偏偏在那一年离开我喜欢的工作、新婚宴尔的丈夫、生我养我的中国，远渡重洋去读书。大洋彼岸的那个陌生的国度在我心中有一点点神秘、一点点新奇、一点点可怕。一切要靠自己硬着头皮去闯。好在我们这一代人早已习惯了远离父母、远离亲人，一个人孤零零地去闯天下的生活。

记得写入学申请时，曾请一位在京的美国朋友为我当时半生不熟的英文润润色。我解释自己出国留学动机的一句话令她大感不解。我写的是：我想去留学，就是想了解一般人对事物的通常看法是怎样的。她不明白这怎么能成为一个动机。她太不了解我的成长环境，太不了解当时的中国，太不了解刚刚成为过去的那一段历史。

飞机在旧金山（也许是纽约？我记不清楚了）降落，等候转机，我不知道等候着我的是什么样的生活，这倒有点像1969年那辆破旧的卡车把我们卸在荒凉的乌兰布和大沙漠时的感觉。记得北京火车站载满人的火车刚一启动，火车上哭声一片，我没有哭，心里充满憧憬。后来有些人回忆那段生活有一句套话：看到那荒凉的大沙漠，我的心一下子凉了半截。我没有。我只是感到，这是我生活中一个重要的转折点，未来的生活无论是怎样的，它都将是我的生活，是我的生命。我希望它是光明的、快乐的、色彩斑斓的，不希望它是晦暗的、郁闷的、猥琐的。

据说美国人平均耗费的热能是中国人的三十倍，换句话说，他们的平均物质生活水平是我们的三十倍。但是，我并不太看重这个——他们每天吃的东西不可能是我们的三十倍，他们的床也不可能比我们的大三十倍——人的物质需求相差不大，满足了基本需要之外的供给对我来说没有意义。更有意义的倒是精神的享受：感人至深的情感，清澈有力的思想，所有的虚构之美——音乐、美术、戏剧以至优雅的生活。

深夜的机场有一种轻轻柔柔的背景音乐，这在我前三十年的经历中是从未遇到过的，带点异国情调，给刚刚离乡一日的我带来一丝淡淡的乡愁。

等待着我的将是什么样的生活呢？

1987：出版《社会研究方法》

《社会研究方法》是我的一本译著，是我在美国读书时本科生的社会学方法教科书。我翻译的这本书出版时被收入当时很有名的一套丛书——"走向未来丛书"。当时的图书出版业正盛行各种各样的丛书，大多都是西方各个主要人文社会科学学科的重要著作。

社会研究方法是我在美国学习时喜欢的课程。在我对社会学研究这条路跃跃欲试时，方法就是我的脚，没有脚，路就没法走。虽然我的程度只有中学数学，但是社会统计学的运用不是不可以只知其然不知其所以然的。小波是正经学过大学数学的人，他告诉我，他佩服的一位数学老师说过，十个学数学的人中只有一个人能学统计学，而十个学统计学的人中只有一个人能学懂统计学，可见统计学之难。对于我这个中学程度的统计学学生来说，要想真正学懂统计学，当得李白的一句诗：蜀道难，难于上青天。我的办法只有一个，那就是保持知其然不知其所以然的状态，了解一些基本的概念之后，学会使用那些统计软件，并且学会如何解释统计软件做出的结果。

对于我的译笔，我还是比较有把握的。记得某次开会碰到一位素未谋面的大学老师，他对我说，这本书译得真好。我听了倒并没有特别沾沾自喜，因为当时译书的人好多根本不会英文，中文也一塌糊涂，所以别人说我译得好，很可能就是指：一，我确实看懂原文了；二，我的中文通顺。比起那些根本没有看懂原文和中文病句连篇的译文，也许我这样的就算好的了。因此，这本书的翻译和出版远远不能给我带来什么成就感。

1988年：回国

1988年，我们面临回国与否的抉择。我们的家庭从1980年结婚时起就一直是"两人世界"（我们是自愿不育者），所以我们所面临的选择就仅仅是我们两个人今后生活方式的选择，剔除了一切其他因素。

这个选择并不容易，我们反复讨论，权衡利弊，以便做出理性的选择，免得后悔。当时考虑的几个主要方面是：

第一，我是搞社会学研究的，我真正关心和感兴趣的是中国社会，研究起来会有更大的乐趣。美国的社会并不能真正引起我的兴趣，硬要去研究它也不是不可以，但热情就低了许多。小波是写小说的，要用母语，而脱离开他所要描写的社会和文化，必定会有一种"拔根"的感觉，对写作会产生难以预料的负面影响。

第二，我们两人对物质生活质量要求都不太高。仅从吃穿住用的质量看，两边相差并不太大，最大的遗憾是文化娱乐方面差别较大。我们在美国有线电视中每晚可以看两部电影，还可以到商店去租大量的录像带。我们只好自我安慰道：娱乐的诱惑少些，可以多做些事，也未尝不是好事。

第三，我们担心在美国要为生计奔忙，回国这个问题可以一劳永逸地解决。如果一个人要花精力在生计上，那就不能保证他一定能做他真正想做的事，也就是说，他就不是一个自由人。在中国，我们的相对社会地位会高于在美国，而最宝贵的是，我们可以自由地随心所欲地做自己真正想做的事：这对于我来说就是搞社会学研究，对于小波来说就是写小说。除了这两件事，任何其他的工作都难免会为我们带来异化的感觉。

回国后到小波去世，有九年时间，我们俩从没有后悔当初的选择。在这段时间，除了我们俩合著的《他们的世界——中国男同性恋群落透视》之外，我陆续出版了《生育与中国村落文化》《中国女性的感情与性》等七八本专著和译著；小波则经历了他短暂的生命中最丰盛的创作期，他不仅完成了他一生最重要的文学作品"时代三部曲"（《黄金时代》《白银时代》《青铜时代》），成为唯一一位两次获联合报系中篇小说大奖的大陆作家，而且写出了大量的杂文随笔，以他独特的思维方式和写作风格在中国文坛上独树一帜。他生前创作的唯一一个电影剧本《东宫西宫》获得了阿根廷国际电影节的最佳编剧奖，并成为1997年戛纳电影节入围作品，使小波成为在国际电影节上为中国拿到最佳编剧奖的第一人。

回国后最好的感觉当然还是回家的感觉。在美国，国家是人家的国家，文化是人家的文化，喜怒哀乐好像都和自己隔了一层。回国后，国家是自己的国家，文化是自己的文化，做起事来有种如鱼得水的感觉。在中国，有些事让人看了欢欣鼓舞，也有些事让人看了着急生气，但是无论是高兴还是着急都是由衷的，像自己的家事一样切近，没有了在国外隔靴搔痒的感觉。尤其是小波那些年间在报纸杂志上写的文章，有人看了击节赞赏，有人看了气急败坏，这种反应给一位作者带来的快乐是难以形容的。

小波是个有大智慧的人。他为之开过专栏的《三联生活周刊》的负责人朱伟先生说，人们还远未认识到小波作品的文化意义。小波的文章中有一种传统写作中十分罕见的自由度，看了没有紧张感，反而有一种飞翔的感觉。他的反讽风格实在是大手笔，而且是从骨子里出来的，同他的个性、生活经历连在一起，不是别人想学就能学得来的。小波去世后，他开过专栏的《南方周末》收到很多读者来信，对不能再读到他的文章扼腕叹息。甚至有读者为最后看他一眼，从广州专程坐火车赶到北京参加他的遗体告别仪式。看到有这么多朋友和知音真正喜欢他的作品，我想小波的在天之灵应当是快乐的。

1989年：北京大学社会学所

我于1988年获得博士学位后，随即回国。因为当时北京大学要设博士后流动站，而找到当年获得社会学博士学位又愿意回国的人的概率并不是太高，于是他们就找到了我。当时，由于费孝通在北京大学，由他出面，北京大学才能够成立当时国内的第一个文科博士后流动站，而我有幸成为它的第一个博士后。虽说我的导师就是费孝通本人，但是，由于他牌子太大，工作太忙，我并不能像一般的学生那样经常接触到他，只是他到所里见研究生时，才得以顺便一见。

有一次，费老到所里约见研究生时讲到，社会学要"出故事"。

我当时正越来越偏向于定性研究,所以听得特别受用。记得他说,人生和社会就是一个大舞台,人们在这舞台上上演悲欢离合、死死生生的话剧,我们社会学就是要讲人们的故事,要出故事。我理解费老的意思是说,社会学不应当只出统计数字,只搞大规模的定量调查,还要关注活生生的人间戏剧,要搞定性研究,这样才能出故事。

我在北大做博士后两年间,报了婚姻家庭方面的十个小课题,包括青春期恋爱、婚前性行为规范、择偶标准、婚外恋、离婚、独身、自愿不育、同性恋等。

婚前性行为规范的调查是使用一个北京市随机抽样样本做的。当时的抽样方法想起来真是有趣极了。我当时开了一封单位的介绍信,就直接到位于正义路的北京市公安局户籍处去了,提出用他们的北京市居民户籍卡抽样的要求。他们接待了我,我猜想这样的要求在他们来说肯定是第一次,也许至今也是唯一的一次。那是在全北京所有十六岁以上公民每人一张的户口口卡上直接按等距抽样的方法抽取的。记得当时这个任务交给了一位年轻的科长负责,他正好是中国人民大学的毕业生,对抽样方法有些了解。我心里暗暗庆幸。他还带我去看了口卡的陈列厅,那是一个硕大的大厅,里面摆满了一排排的口卡柜,我随便打开一个抽屉,发现光是叫"王红"的就占了大半个抽屉,得有几百位吧。当时心里暗想,给孩子起名字可千万不能起这样的名字了。用这个随机抽样样本,我做了婚前性行为规范、夫妻关系、家庭暴力的调查。在做婚外恋的调查时,除了采用了这个随机抽样的样本,还辅以少量的深入访谈,用了定量和定性两种方法。

这些调查最后结集出版,书名为《中国人的性爱与婚姻》,还特意请导师费老题写了书名。可惜由于这本书进入套书，有统一的封面设计，竟没有用上。因为书里所收文章全部按照美国社会科学论文的标准做法，由前言、文献综述、研究假设、研究结果及解释等几个部分组成，一丝不苟。虽然看上去像标准的学期论文，不像研究著作，但是在当时我国一般社会学研究论文尚缺少写作规范的情况下，可以算是规范化的一点尝试。后来，有一位东南亚某大学的教授来访，看到了这本书后对我说："你这本书跟中国其他的学术书写法不一样。"我猜她指的是别人还是我国社会科学论文的传统写法，而我这个写法一看就是从国外社会学那里直接学过来的。

1991年：《他们的世界——中国男同性恋群落透视》

做同性恋研究，线索的获得是最困难的一件事。因为他们在人群中所占比例较小，也因为他们不愿意暴露身份。而我是比较幸运的。在我的单身研究中，竟碰到了这样的一个案例。由于单身人在人群中也是少数，所以用随机抽样样本很难找到他们。于是，我在《北京晚报》上登了广告，征集参加研究的志愿者。在我的单身调查对象当中，有一位三十岁上下的男士，在我问到他保持单身的原因时，他一一否认了众多普通的原因。后来他说：你是国外留学回来的，看上去也不像坏人，我就告诉你我独身的真正原因吧——我是一个同性恋。就这样，我得到了我的第一个同性恋个案。后来，他介绍了朋友，朋友的朋友，就这样越滚越大，最后达到一百二十人的规模。社会学中有一种调查方法，叫作"滚雪球"的方法，就是这样做的。所以，我的同性恋研究从社会学研究的方法上看是无可挑剔的。

称同性恋者为"他们"本来并无贬义，尤其说"他们的世界"，从中文的字意和韵味听上去还挺有诗意的。无独有偶,某年一位女摄影家拍摄了一批同性恋者的形象,准备结集出版,她给她的摄影集也起名为"他们的世界"。我想,中文读者大多会从"看,他们有自己的一个与众不同的世界"去理解"他们的世界",读中文的同性恋者们也不会从这个提法联想到受排斥或者不被尊重的感觉。

然而,有一位西方的同性恋者对"他们的世界"这一提法却颇有微词,他认为,这是把同性恋者排斥在主流文化之外的称呼,好像异性恋者才是"我们",而同性恋者是"他们"(the other)。在这里,他所理解的"他们"是"他者"和"另类",不是简单的"他们"。从中文的文义看,前者有贬低的意味,而后者却没有;前者有等级之分("我们"属于高的等级,"另类"属于低的等级),后者却是平等的(我们和他们没有高低之分)。他的反应一方面源于西方人对中文的隔膜,另一方面也来自西方同性恋运动为同性恋者赋权之后所带来的权利意识和平等意识,以及伴随而来的对于歧视的过度敏感和警觉。

1992 年:中国社会科学院社会学所

这一年我回到了中国社会科学院,只是不再是马列所而是社会学所。离开北大的主要原因是,我不喜欢教书,觉得教书总是要把一套话反复说很多遍,而重复是最不符合我的天性的,我受不了这样的枯燥事情。此外,还有一个考虑:从学术气氛的宽松和当时具体的人际关系上看,北大是大环境好,小环境不好;社科院是大环境不好,小环境好。所以,我最终还是选择了后者。从那一年一直做到退休,整整二十年。这二十年是我生命中研究和出版的活跃期。

1993年：《生育与中国村落文化》

《生育与中国村落文化》写于20世纪90年代初。该书以我国南方与北方各一个村庄中所搜集到的资料以及城市中自愿不育者的调查为依据，比较了生活在不同环境中的人们在生育观念上的巨大差异，并探讨了这种差异的理论意义。

记得一次与阮新邦教授聊天，他说在我写的书里这本最好，其他就不敢恭维了。当时弄得我面红耳赤。虽然我自以为对同性恋的研究、对女性的感情与性的研究在价值上和原创性上一点也不弱于这项研究，但是从研究和写作所下的功夫看，这本书也许真是略胜一筹。

在这本书中，有一个特殊之处：在我写作的过程中，第一读者王小波有时看着看着感到技痒，就说："来，我给你写一段。"我觉得是当时他发表文章的机会还比较少，对文字的狂热喜爱又使他按捺不住，所以就有了现在这本书中偶尔会出现他的文字的情况。有明眼人对我说："这里面有些段落怎么像出自王小波之手啊。"他们还真说对了。王小波的文字太有特色，即使他只写了一小段，人们也能从十几万字当中把它摘出来。

有一次我问小波对我的文字的看法，他评价还不低，但是他说，我的文字扔在地上还跳不起来。我想这是个中肯的评价。我的文字的特点用冯唐的话来说是"清通简要"，没有废话，没有多余的字。但是缺乏仅仅属于我自己的独特风格。这种文字用来写论文还差强人意，后来写起小说时就显得捉襟见肘了。人们都说我的小说写的有论文味，问题就出在这里。可是我始终觉得，一个人的文字风格是从灵魂中带来的，是无论怎么修炼也修炼不出来的。就像人的长相一样,无论后天怎么加工,并不能改变原来的模样。

1994 年:《性社会学》

这是一本译著。它的原名是《人类性行为》,作者是约翰·盖格农,是一位著名的性学家,以创立"性脚本理论"闻名于世。当年我在匹兹堡大学读书时,他的这本书是本科生性社会学课程的教科书。

我之所以翻译这本书,有两个原因,一个是趁机熟悉一下性社会学的内容,另一个是想在我当时服务的北京大学社会学系开设性社会学课程做课本。结果书翻译出来了,课却没有开成。当时据说系里把这门课报到学校,可是并没有被批准。由此可见性社会学在当时的中国的困难和边缘处境。在西方,性社会学早已是显学,可是在中国,它还是难登大雅。以思想自由著称的北京大学尚且如此,遑论其他学校。由此可以了解到当时社会氛围在涉性研究领域中的保守和压抑。

1996 年:《中国女性的感情与性》

20 世纪 90 年代初,我搞了一个小规模的关于中国女性的感情与性的调查,样本容量为四十七人,方法是深入访谈,即用一个半结构化的访谈提纲,与调查对象当面深谈。考虑到调查涉及个人情感和性的隐私,面对面的深入访谈绝对有必要,也是按照费老关于社会学调查要出故事的思路。定量的问卷调查可以得到总体的概况,但是要想了解详细情况就非用定性方法不可了。一个有趣的巧合是,在翻阅西方性研究史的时候,看到 19 世纪末在西方有位性学先驱,一位女性学者,也做了一个小样本的女性性行为调查,样本量恰巧也是四十七人。我看到之后暗暗心惊：怎么会有这么巧的事情？

这本书后来又由不同出版社再版过多次，还由我的韩国学生李英梨翻译成韩文出版。

1997年：《女性权力的崛起》

《女性权力的崛起》是一本资料集锦性质的书。我把当时我所能找到的女性研究方面的各种资料收集起来，分门别类做了一个综述。书的这种写法在我来说是不常见的——我比较喜欢就一个专题做经验研究。这本书可以作为女性研究的入门书，省却了读者自己去广泛阅读和查找与妇女问题有关的研究资料的麻烦。对于广大非专业的读者来说，这本书也是了解与妇女有关的各种经验研究数据和理论论证的一个捷径。

1997年4月11日：小波辞世

当时我正在英国剑桥大学做访问学者，忽一日接到好友林春电话，说小波出事了。虽然当时没有人告诉我出的什么事，就说病了，但是我有了很不好的预感。从接电话开始，一直到登机回国，我的心跳一直很快，心里发虚，全身像要虚脱一样。在从机场回家的路上，沈原说了一句话："小波是个诗人，走得也像诗人。"这下我就全明白了。我现在不愿回想，那些日子我是怎样熬过来的。我的生活因为没有了他，被彻底改变了。

虽然小波出人意料地、过早地离开了我，但是回忆我们从相识到相爱到永别的二十年，我没有什么可抱怨的：我们曾经拥有幸福，拥有爱，拥有成功，拥有快乐的生活。

记得那一年暑假，我们从匹兹堡出发，经中南部的70号公路驾车横穿美国，一路上走走停停，用了十天时间才到达西海岸，粗犷壮丽的大峡谷留下了我们的足迹；然后我们又从北部的90号公路返回东部，在黄石公园、"老忠实"喷泉前流连忘返。一路上，我们或者住汽车旅馆，或者在营地扎帐篷，饱览了美国绚丽的自然风光和大城小镇的生活，感到心旷神怡。

记得那年我们自费去欧洲游览，把伦敦的大本钟、巴黎埃菲尔铁塔和卢浮宫、罗马竞技场、比萨斜塔、佛罗伦萨的街头雕塑、梵蒂冈的圣彼得大教堂、尼斯的裸体海滩、蒙地卡罗的赌场、威尼斯的水乡风光——摄入镜头。虽然在意大利碰到小偷，损失惨重，但也没有降低我们的兴致。在桑塔露琪亚，我们专门租船下海，就是为了亲身体验一下那首著名民歌的情调。

记得我们回国后共同游览过的雁荡山、泰山、北戴河，还有我们常常去散步并做倾心之谈的颐和园、玲珑园、紫竹院、玉渊潭……樱花盛开的时节，花丛中有我们相依相恋的身影。我们的生活平静而充实，共处二十年，竟从未有过沉闷厌倦的感觉。平常懒得做饭时，就去下小饭馆；到了节假日，同亲朋好友欢聚畅谈，其乐融融。

生活是多么的美好，活着是多么好啊。而小波竟然能够忍心离去，实在令人痛惜。我想，唯一可以告慰他的是：我们曾经拥有过这一切。

1998年：《虐恋亚文化》

"虐恋"是我在英国剑桥大学访学半年（原定一年，因小波去世而中断研究提前回国）期间搜集资料的一个主要题目。剑桥大学的图书馆是世界上最好的,我不否认,在资料的搜集过程中,我非常享受。如果我不喜欢这种特别有趣的性活动及其所表达的观点和审美,我也不会选择这个题目。我常常感到,所谓性感,所有人类的性感觉,在虐恋中都表现得最为淋漓尽致。它是一般人们的性感觉的夸张的表达,是性感的极致。神经稍微脆弱一点的人会受不了它,精神不够纯粹的人也领略不到其中的妙处。

如今,虐恋在中国已经越来越为人所知。在遍布全国的情趣商店中,虐恋用品占了相当大的比例。虽然其中有虐恋需要的"行头"比其他形式的性活动要多这一原因,但从虐恋工具的畅销,还是可以看出人们对它的钟爱。不同的社会学调查统计结果显示,人口中有5%~30%的人有过虐恋实践;有10%~49%的人有过虐恋想象。由此可见,即使虐恋的确是少数人的爱好,那也是一个无法忽视的少数。

后来,我写了一本虐恋小说,是短篇小说集。我的小说带有论文味道,因为我在文学上除了欣赏和酷爱之外,没有什么抱负。我宁愿把这本小说集当作我的虐恋研究的小说形式的图解来看,说得更直白一些,我想通过小说让大家知道虐恋是怎么一回事,喜欢虐恋游戏的是怎样一群人。当然,如果人们能从我的虐恋小说中看到一点点美,得到社会学研究知识之外的审美快感,那我就喜出望外了。

1999年:《婚姻法修改论争》

这一年我主编了《婚姻法修改论争》一书。这书值得一提的是因为它对我国修改《婚姻法》有一定的影响,也是这一过程中各种观点激烈争辩的一个记录。婚姻法与其他小法不同的是，它与绝大多数中国人有关。所以人们在这个问题上也都想发言、出声，各种观点的论争十分尖锐、刺激。我在其中也写了一篇。

那一年，我们一些社会学家和法学家还被人大法律工作委员会请去开座谈会。在会上我第一次提出了同性婚姻问题。当然，这个提法不仅在中国过于超前，在全世界也是比较靠前的。虽然当时已经有几个国家批准了同性婚姻，但是同性婚姻的声势还不像现在这么大。

1999年：《性的问题》

《性的问题》一书是我在性的问题上的一些思考的结晶。其中被人们了解较多的当属对我国现行涉性法律的思考和批判。原因是我在一些讲座中把这个问题单独作为一个题目讲过，在评论时事的文章中也使用过其中的一些观点和材料，例如淫秽品问题、卖淫问题、聚众淫乱问题、自愿年龄线问题，等等。而我在1999年出版的这本专著中的一些观点，直到十几年之后，仍然被认为是"前卫"和"先锋"的，这是褒义的说法，而贬义的评价则是"超前"的，不断成为涉性问题社会论证的焦点。

我在其中提到了目前我国正在实行的与性有关的法律有两大类，一类涉及受害人的行为，另一类行为根本没有受害人。即使前一类法律也不是全无问题的，而后一类法律更是问题多多。我希望通过自己的研究推动我国涉性法律的改善，我甚至想用后现代理论最忌讳的一个词——进步——来说明我的目标。因为虽然文化相对论告诉我们，不同的文化、习俗、规范和法律都有它存在的价值，但是我所引用的那些令人啼笑皆非的事例不能不让我们感慨，我们有些法律和规范实在是太过原始，太过野蛮，太过落后。用我后来常常用的一个比喻来说，它们已经是一些活着的恐龙了。对它们的批判和改变甚至已经不再属于"相对合理"的范畴，而是属于"绝对进步"的范畴了。

2000年：《酷儿理论——西方20世纪90年代性思潮》

《酷儿理论》一书是我的一部译文集。其中所有的篇章都是我1999年在美国加州大学参加性别问题研讨班期间搜集到的。在这个研讨班上，我有幸会见了文章被收入书中的几位作者，如葛尔·罗宾和朱迪斯·巴特勒，亲耳聆听了她们的高论。我还利用有限的逗留时间，跑到罗宾的班里去听过课。记得她在课上放了一段旧金山女同性恋酒吧的录像带——她的课是关于女同性恋的研究。她对虐恋的研究也很有名，她曾经的一位女友帕特·柯丽菲亚是虐恋的活跃分子和著名作家。

我们在业余时间跑去旧金山，住在丽莎·罗芙的家里，晚上借来虐恋的录像带观赏。丽莎安排我与虐恋的活跃分子见面，他们带我去参观了旧金山最著名的虐恋用品专卖店。我们还在咖啡馆里见到非常成功的易装（男变女）演员。我至今还记得罗宾对我们讲述在西方女性主义者当中发生的"性论战"的情景。那个研讨班给我留下了美好的印象。而这本译文集就是我对那个研讨班的一个记忆。

从20世纪90年代起，西方那些在性和性别领域的越轨分子(同性恋者、双性恋者、易装者、易性者、虐恋者等)开始自称为"酷儿"，"酷儿理论"就是他们创造出来的、关于他们自己及其越轨行为的理论。

2001年：《一爷之孙——中国家庭关系的个案研究》

《一爷之孙——中国家庭关系的个案研究》是通过对北京一个大家庭(六代百余人源自同一位祖先)的研究资料写作而成的。书里描述了这个典型的中国家庭的人际关系及其模式变迁。由于这项研究采用的是深入访谈的方法，当然就得到了不少有趣的故事。对于费孝通所说的社会学研究要"出故事"的教诲，我始终念念不忘，并且引以为研究的真谛和乐趣之所在。

在这本书的写作出版过程中，应当特别提及的是我的合作者郑宏霞所起的举足轻重的作用，她既是这项研究得以顺利完成的研究线索"引导人"，又是文中部分篇章的作者。

2001年：《福柯与性》

《福柯与性》是我对福柯《性史》一书的解读。在所有的学问家中，福柯是我的最爱。他的所说、所写、所作、所为总能引起我的共鸣。我的解读，既有对《性史》一书的解读，也有对福柯这个人的解读。虽然我自知自己一生永远不可能达到他的高度，但是像他那样生活和写作是我内心秘密的梦想。福柯的名言"人的生活应当成为艺术品"已经成为我生活的指南。

在我的心中，福柯不仅是我学问上的老师，而且是我生活的导师。尽管如此，我对他这个人并没有仰望的感觉，而是"心有灵犀"，可以面对面通过无言的眼神来交流的朋友的感觉。我通过这本书把我内心的一位秘密朋友介绍给大家，暗自希望人们也会像我一样喜欢他。

2002 年：《西方性学名著提要》

这是我主编的一本书，其中将西方所有关于性学的重要论著网罗一空。由于为他人的著作做摘要是一件相当枯燥的事情，我想出一个狡猾的办法：从来不爱开课的我，那一年为研究生开了一门性社会学的课。而几十位学生的学期作业就是每人一篇性学名著的摘要。我把学生们的作业编辑加工，就编成了这本书。这也是很多学生第一次成为正式出版物的作者，所以学生们都很兴奋，写得不错，有的人甚至不只是摘要，竟写成了对那本书的读书笔记。后来，书正式出版了，大家不但在他们的文字下面署了名，而且得到一点稿费。虽然数目很少，但是研究生为自己的作业得到报酬的事还是很少发生的，如果不是空前绝后的话。所以大家都很开心，其乐也融融。

2003 年：《女性主义》

《女性主义》一书是我的读书心得。女性主义是一个值得关注的话题，但是它也往往是一个边缘化的话题。在这本书里，我想告诉人们，女性主义在这个世界上有些什么样的理论和流派，在主张些什么；还想告诉人们，我们往往以为中国的男女平等事业已经很不错了，其实我们离这个目标还很远，还有很长的一段路要走。

2004 年：《两性关系》

《两性关系》一书是依据性别平等问题的经验调查资料，对性别研究领域各类问题的思考而成的一本专著。这本书可以被视为《女性主义》一书的姊妹篇。这两本书都属于性别研究领域，但是《女性主义》一书以理论阐述和介绍为主，《两性关系》一书则是对与两性关系有关的各个方面的调查数据的梳理和汇集。

2005年：《你如此需要安慰——关于爱的对话》

这本书是我与同性恋者在网络上的对话录，对话对象主要是女同性恋者。她们的故事十分感人，她们的爱情十分真挚。但是她们是社会上的弱势群体，会感受到许多的压抑和困惑。因此，对话涉及她们的生活故事，涉及她们的痛苦和快乐，焦虑和渴望。

2006年：《性别问题》

做了一个小样本的调查，涉及男女平等问题上的各个方面。这本书可以被视为此前出版的《性的问题》的姊妹篇。对于不熟悉性别与性这两个研究领域的人们来说，由于这两个研究领域有交叉(例如，对女性的性活动的研究就既涉及性别领域，也涉及性领域；对卖淫问题的研究也涉及这两个研究领域)，很多人容易将这两个研究领域混为一谈。其实，这两个领域的研究对象、范畴和关注点绝大部分是相互独立而并非重叠的。

2009年：《社会学精要》

这本书是我在美国匹兹堡大学学习期间撰写的一部旧作。当时，我刚刚从历史专业转到社会学，对与社会学有关的一切充满了好奇和热情。所以这是一部刚刚接触社会学的人的充满探索新领域的热情的试笔之作，对于同样刚刚涉入社会学领域的人们，这部书对他们了解这门学科的主要人物和名著、研究领域和研究方法或许会有一些帮助。

2009年：《后村的女人们——农村性别权力关系》

这本书是我退休前出版的最后一本专著，是一个中规中矩的社会学调查。2006年春做调查计划，2006年10月至2007年夏做田野调查。调查地选在河北省和山东省交界处的一个小村庄，之所以选上这个村完全是因为我的关门弟子王水是这个村庄中土生土长的女孩。

王水这个学生很有特色，最早结识她是因为她是《王小波全集》的责任编辑。这个学生完全是一个工作狂，而且自己还写东西。在博士生面试的时候，别的学生一般有一两本出版物就很不错了，可是王水抱来了她写的、译的和编辑的八九本书，给所有的考官留下深刻印象。这个女孩最不同寻常的是，朴实至极。在我们刚认识的时候，她一反别的农村孩子会尽量回避自己出身的做法，告诉我，她每到农忙而手头能抽出空闲的时候，就会回到村里帮助父母干农活。她现在已经是一位年薪几十万的成功白领人士，是全村人教育孩子时都要提起的榜样，可还是那么朴实无华。

王水帮我在村中访问了一百位妇女，笔记记了厚厚一大本。在调查过程中，如果有人出于某种原因没说实话，旁边围观的姐妹会马上"揭发"："哎，这点你可没说真话。"像这样调查出来的东西可信度是相当不错的，而这正是社会调查最难解决和最易遭人诟病的一个问题：这种自述式的资料，其中与事实相符的程度究竟如何。在自述型调查中，人们出于迎合调查意图、遵从社会评价标准、掩护个人隐私等各色原因不说实话，这是此类调查所得资料的真实性的最大陷阱。而这项调查，因为王水的协助，所获资料应当说是比较贴近真实情况的。为此，我必须向这位学生表达衷心的感谢。

多数的调查结果看上去都是很寻常的，平淡无奇。这是社会学调查的一个特点：它关注的是常态，而不是关注特例或者戏剧性事件。但是，即使如此，这项调查还是有一些非常有趣的发现，比如，在村里有一个妇女在来客时不可上桌吃饭的习俗，这在男女平等大潮势不可挡的当代中国，是非常扎眼的一个习俗，它所反映出来的历史、文化和社会习俗的韵味是相当丰富的。真希望像这样的发现能够多一些，可惜多数情况还是大家司空见惯的常态，这真是没有办法的事情。如果我是这么不喜欢常态，当初为什么要选择做社会学研究呢？我不禁扪心自问。这也许是我学术生涯的大多数时间都花在性少数派研究的一个原因，同性恋呀，虐恋呀，这些事才能真正引起我的好奇心。而正像福柯说过的那样，好奇心是他搞研究的一个动机。这也是我退休后去写小说的一个原因：我的心最终还是对这个世界充满好奇，受不了枯燥的。我最终不得不遵从我的内心，就像乔布斯所说的那样。

2010~2013 年：写小说

开始尝试写小说。写作的过程有出乎意料的享受感觉。想起有个朋友，生了个女孩，这孩子很怪，从四五岁起，坐在钢琴凳上就不下来，父母叫吃饭都不乐意下来。我开始写小说的时候就有点像这个小女孩。虽然很可能不知所终，但是自己非常享受这个过程。

在退休之后的日子里，每天除了吃饭睡觉，我有十四个小时的时间，大好的时间啊，能写多少东西呀。

读书和写作，这就是我今后几十年的生活，当然还有休闲。

图书在版编目（CIP）数据

煮沸人生 / 李银河著. —— 哈尔滨：北方文艺出版社，2023.3

ISBN 978-7-5317-5808-2

Ⅰ.①煮… Ⅱ.①李… Ⅲ.①随笔–作品集–中国–当代 Ⅳ.①I267.1

中国国家版本馆CIP数据核字(2023)第022485号

煮沸人生
ZHUFEI RENSHENG

作　　者 / 李银河	
责任编辑 / 富翔强　宋雪微	装帧设计 / 卷帙设计
出版发行 / 北方文艺出版社	邮　　编 / 150008
发行电话 / (0451) 86825533	经　　销 / 新华书店
地　　址 / 哈尔滨市南岗区宣庆小区1号楼	网　　址 / www.bfwy.com
印　　刷 / 天津鑫旭阳印刷有限公司	开　　本 / 880×1230　1/32
字　　数 / 178千	印　　张 / 8
版　　次 / 2023年3月第1版	印　　次 / 2023年3月第1次印刷
书　　号 / ISBN 978-7-5317-5808-2	定　　价 / 45.00元